八十歳からの雑文集

いろいろかいろ I

はじめに

私たち夫婦は、平成十九年（二〇〇七年）四月に結婚五十周年を迎えた。そして六月に、私は八十歳になった。たとえ百歳まで生きられたとしても、あと二十年しかない。一日一日を大切にしなければならない。楽しく有意義に過ごしたい。どのように生きていくべきか。私は八十歳からの生き方について考え、次のような方針を決めた。

七十歳から、私は〈土佐ことば〉を蒐集し、蒐集した語の意・用法・語源等について調べ、学び楽しんできた。八十歳からは、この楽しみに加えて、折々に思ったこと、考えたこと、思い出や旅の記録などを、私の生きた記録として綴る。この二つを日常生活の核にする。

齢を重ねて九十歳になった。この十年、雑文を綴ることは楽しかったし、充実感があった。命ある限り、この楽しみを続けていくつもりであるが、一つの区切りとして、十年間に書き溜めた雑文に、〈土佐ことば〉についての調査結果を加え、一冊の本に纏めることにした。本の表題は、内容から〈土佐ことば〉の〈いろいろかいろ〉を用い、『八十歳からの雑文集　いろいろかいろ　Ⅰ』とした。

目次

※第一部と第二部は、執筆した年月日を各編の末尾に記載した。
第三部は、二〇〇八〜二〇〇九年に執筆したものを再編集した。

第一部　随想

折々に思ったこと、考えたこと

折々に思ったこと、感じたこと、考えたこと、懐かしい思い出などを綴った。

気楽な気持ちで、厳しく事に対する気持ちで、心ときめいてと、書くときの気持ちは時々で異なるが、書くことはたいへん楽しく、喜びと充実感があった。

10年間に書き溜めた20編をこの部に纏めた。

1　結婚五十周年を迎えて

私たち夫婦は、平成十九年（二〇〇七年）四月十四日、結婚五十周年、いわゆる〈金婚式〉の日を迎えた。まことに幸運なことに、この日私たちは、安倍晋三首相主催の新宿御苑の「桜を観る会」に招待されていた。当日は快晴であった。私たちは広い御苑内を散策し、咲き誇る八重を主にした桜を愛《め》で、また日本庭園、イギリス式庭園、フランス式庭園などを観賞して楽しんだ。そして、幸せをしみじみと感じつつ、二人の〈金婚〉を祝った。

昭和三十二年（一九五七年）四月十四日、私は枝常美貴子と高知市中央公民館別館で結婚式を挙げた。私が二十九歳、美貴子が二十歳であった。

式のなかで、〈誓い〉を述べる段がある。左記は私が読み上げた、奉書紙に筆で書いた〈誓い〉の文章である。

「私は　本日ここに　あなたと結ばれることを心より嬉しく思います　これより　相互の人格尊重を基本とし　愛情と信頼をもって　人生を誠実に歩むことを誓います」

当時流行《はや》りの公民館結婚式では、花婿の誰もが同じような〈誓い〉を読み上げたであろうが、この〈誓い〉はこの時の私の心そのものである。自分の心を短い文章のなかに精一杯込め、一字一字、私の心のすべてを表したいと懸命に書いた。

結婚五十周年を迎えたのを期に、私は〈誓書〉を美貴子に見せた。美貴子は〈誓書〉を私が大切に保存していたことを知らなかったようである。美貴子はこの〈誓書〉を読んで涙ぐんでくれた。夫の五十年の変わらぬ深い愛情と誠実を思い、誓いの言葉の真実と重みに心を打たれたのだと言う。

仕事の上でも日常生活においても、妻や子供に信頼され尊敬されるような夫であり父親でありたいと、常々心がけてきたが、美貴子の涙と言葉に、私も心を強く動かされた。涙が出た。私の方こそ、美貴子の私と子供に対する愛情、誠実、献身に感謝しなければならない。美貴子と結ばれた幸せをしみじみと感じた。

周りに苦労させられることが多かった私たちであったが、二人で心を合わせて努力し、困難を克服していい家庭を作ることができた。子供を立派に育て上げることができた。五十年を顧みて、うずくような深い感慨を覚えるのである。

結婚五十周年を迎えた私たちにとって、これからが二人だけの第二の新しい人生である。余生とか老後の生活というようには考えたくない。新しい人生の出発である。一日一日を大切に、充実した二人だけの生活をおくっていきたい。結婚式で読み上げた〈誓い〉はそのまま、第二の人生に第一歩を踏み出すに当たっての、二人の心そのものである。

（二〇〇七年四月）

〈義一・美貴子の五十年史〉

結婚五十周年の記念すべき日を迎えた私は、二人で五十年の歴史を振り返り、確かめた上で、二人の第二の人生の第一歩を踏み出そうと考えた。手紙・給料袋・家計簿・日記など、五十年間の古い資料を出してみた。全く忘れていたことが、これらの資料から浮かび上がってきた。

二人で話し合うほどに、五十年という歳月はまことに長いということを、しみじみと感じた。家族の日々の暮らしと営みが、喜びが、悲しみが、楽しかったことが、苦しかったことが、五十年の歳月に密に詰まっている。五十年の歴史を辿《たど》り、深い感慨を覚えた私は、私たちの五十年の歴史を書き記すことを思い立った。

事実を偽らず、飾らず、正確な歴史を書こう。私たちが自分たちの歩んだ人生を確かめるために、また子供たちに、両親の人生と心を、そして両親に育まれた自分たちの生い立ちを知ってもらうために、虚飾のない真実の歴史を書こう。このような思いに駆られて、私は保存していた多量の資料を引っ張り出し、整理し、検討し、また毎日のように二人で話し合いながら、私たちの五十年史を書き進めた。楽しみながら、時に涙しながら。そして平成二十一年（二〇〇九年）七月、ようやく仕上げた。これは私たち家族の大切な宝ものである。

（二〇〇九年七月）

2　言葉の乱れ――「替わりましょうか」を巡って

「京都新聞」（二〇〇八年十二月十二日）の記事から

京都の宇治に小さな持ち家があり、私たち夫婦は時々高知を留守にして、この家で暮らす。宇治では〈京都新聞〉を購読しているが、この新聞のコラム欄「凡語」（二〇〇八年十二月十二日）に次のような文章が載った。

作家の出久根達郎さんが懐かしい言葉や風景を集めた『セピア色の言葉事典』（文藝春秋）で「お膝おくり」について書いている。お互いに少々譲り合って、との温かみを感じる言葉だ。「昔はバスや都電の車掌が言っていたし、寄席に行けば常套語であった」という。

本紙「窓」欄で最近、大学生(20)の投稿「席譲られた女性が説教」が反響を呼んでいる。女学生からバスの座席を「替わりましょうか」と譲られた初老の女性が『「どうぞ、お座りください」でしょう』と説教する意外な展開を目撃し驚いた。「まったく近ごろの大人ときたら」と投稿したところ早速、主婦(68)が「同年代の大人として恥ずかしい」と応じた。「そういう大人全員に、恥をしれ」と高校生(18)は手厳しい。「親切が通じないことは多々ある。でも、後ろ姿を誰かが見ていてくれる」と会社員(44)は自らの体験をつづった。大学生の訴えにわがことのように恥じ入り、憤り、共感する投稿が相次いだ。お互いに譲り譲られ、譲られる側はさりげなく礼を述べる。当たり前だった「お膝おくり」が死語になりつつある世相ゆえ、投稿の輪の広がりが何とも心強い。

この記事では、言葉遣いを注意した女性が一方的に非難されている。この女性を弁護する意見は、このコラムの筆者を含めてないようである。

日常正しい言葉遣いをしていると自信をもって言えるわけではないが、私は〈コンビニ〉などで、店員に「いらっしゃいませ。こんにちは」と言葉をかけられたり、テレビでアナウンサーや出演者のおかしな言葉遣いを聞いて、言葉遣いの乱れを嘆かわしく思っている。〈説教〉したという女性は、私と同じように、最近の言葉遣いの乱れに顰蹙《ひんしゅく》している人ではなかろうか。

老人や体の不自由な人には席を譲る、席を空《あ》けるということは、特別の心遣いや親切ではなく、当然のことという認識が一般に育っていないように思われる。女学生に〈説教〉したという女性は、最近の言葉遣いの乱れを苛立《いらだ》たしく思うとともに、老人などに席を譲る、空けることは、特別のことではない、当然のことである、というふうに考えておられたのではなかろうか。また、言葉遣いの乱れを嘆かわしく思い、少なくとも未成年者には、正しい言葉遣いを指導しなければならないと、常々お考えになっていたのではなかろうか。

私は、この女性の気持ちをこのように理解した。そして、コラム筆者や投稿者とは全く逆に、この女性の言動に賛意とともに敬意を抱いた。私なら、同じ思いをしても、この女性のようにはっきりしたもの言いはできない。このようにはっきりしたもの言いのできる人は土佐に多い。この女性は土佐出身の方ではないか。私はこんなふうにも思って、〈説教〉したというこの女性に好感をもつのである。

「替わりましょうか」は、相手の意思を問う言い方ではないか。座りたいと思われるのなら、替わってもいいですよ、というような言い方ではないか。席を譲る言い方としては、〈説教〉した女性の言い方が正しく、席を立って「どうぞ」だけでもよいと思う。

このコラムは、親切にする、親切に感謝する、という人と人との温かい心の交わりを主題にして書かれている。コラム筆者は、温かみを感じる言葉として〈お膝おくり〉を挙げながら、言葉の遣い方について全く触れないのは、どういうことか。私は納得できないものを感じる。

電車やバスで老人などの優先席に平気で座り、老人が立っていても譲ろうとしない若者をよく見かけるなかで、記事にある席を譲ろうとした女学生は見上げたものである。しかし、それだけの心があるなら、その心を示す的確な言葉で告げてほしいものである。言葉は心を表す。言葉を大切にしてほしい。

（二〇〇八年十二月）

3　両親のことなど

1　私の名前――田中義一にあやかり〈義一《ぎいち》〉と命名

私は昭和二年（一九二七年）六月八日、吉川芳郎《よしろう》・はる江《え》の長男として、京都府紀伊郡深草町藤森玄蕃《ふじのもりげんば》（現　京都市伏見区藤森玄蕃）で生まれた。〈昭和〉に改元されたのは、大正天皇が亡くなられた大正十五年十二月二十五日であるから、十二月二十五日を含めて昭和元年は七日間しかない。私は激動の昭和の初年に生まれたと言える。

昭和二年は、金融不安による経済恐慌等で若槻内閣が潰れ、田中義一を首班とする内閣が成立した年である。また日本軍が中国の山東地方に出兵し、中国国民の排日運動を高揚させた歴史的に重要な年であった。当時の庶民に、田中内閣の外交政策や軍の行動を厳しく批判する眼はない。父は、ときのえらい人、内閣総理大臣 陸軍大将 田中義一にあやかり、長男の私を〈義一《ぎいち》〉と命名したようである。

2　父〈芳郎〉のこと

父〈芳郎〉は、明治二十六年（一八九三年）一月、滋賀県東浅井《ひがしあざい》郡竹生《ちくぶ》村大字安養寺《あんようじ》、現

在の長浜市安養寺町で生まれた。安養寺は琵琶湖畔の小さな農村集落で、西に琵琶湖に浮かぶ竹生島《ちくぶしま》が間近に、東に伊吹山系の最高峰伊吹山《いぶきやま》の雄姿が望まれる。稲作のほか養蚕の盛んな村落であった。

芳郎の母〈かん〉は跡とり娘で、婿養子を迎え、芳郎が生まれた。どのような理由があったか分からないが、この婿養子は離縁となり、芳郎は二歳で吉川家を相続し、母と祖母〈みさ〉の手で育てられた。

芳郎は育ちのためであろうか。息子の私から見ても、生活態度がやや甘く堅実さに欠けるところがあったように思われる。若い頃、鉱業（マンガン鉱採掘）に手を出して失敗し、先祖伝来の田畑・家・宅地を失った。縁者を頼って京都に出て、商売をして暮らしていたようである。

炭屋で儲《もう》けた話、酒屋で儲けた話、野菜等を軍隊に納めて成功した話など、子供の頃、成功した自慢話として父から聞いたことがある。仕事がうまくいっていれば、度々商売替えをするはずがない。おそらく、商売を転々と替えながらの苦しい生活であったにちがいない。

住所も転々と移したかもしれないが、私は、父三十四歳、母二十四歳のとき、陸軍第十六師団の練兵場（現在 京都教育大学校地）に近い京都府紀伊郡深草町藤森玄蕃の貸家で生まれたのである。

父は、ままならぬ生活苦のなかで、子供に対する親の夢を、金がかからずに出世できる軍人の道にみたのであろう。師団司令部や練兵場に出入りする、凛々《りり》しい高級陸軍将校の姿を見ながら、わが子を田中義一のような立派な軍人にと考えたのではなかろうか。

母が当時のことで、次のような話をしてくれたことがある。

「お父さんが少尉の徽章《きしょう》の付いた軍服様の子供服を買ってきて、おまえに着せていたことがあった。通りかかった兵隊さんたちが、かわいい少尉さんを見つけてみんなが敬礼してくれるので、お前は大得意で答礼したり敬礼したりしていたんよ」

3 母〈はる江〉のこと

母〈はる江〉は、明治三十六年（一九〇三年）一月、滋賀県伊香《いか》郡余呉《よご》村大字坂口《さかぐち》、現在の長浜市余呉町坂口で、野瀬辰治・こたけの長女として生まれた。〈こたけ〉の母は、芳郎の母〈かん〉の姉で、滋賀県伊香郡北富永村大字雨森（現 長浜市高月町雨森）のT家に嫁いだ。離縁になった吉川家の婿養子も雨森のO家の出で、雨森は安養寺と距離的には少し離れているが、吉川家は雨森との縁が深い。

野瀬家は、豊かとは言えないが、山林・田畑をもつ、坂口では中流の農家であったが、〈はる江〉は幼時から幸せに恵まれなかった。二歳か三歳のとき、母〈こたけ〉が離縁されて、野瀬家を去った。父〈辰治〉は後妻を迎え、男子が生まれた。〈はる江〉は弟をおんぶして小学校に通わされた。弟が泣くので、校庭でおもりをして、授業は殆ど受けられなかったという。私が小学生の頃である。箪笥《たんす》の引き出しで、母の小学校の通信簿を見付けた。殆どの科目が〈丙〉の評価であった。がっかりしたが、無理もないことであった。

〈はる江〉は小学校を卒業すると、すぐ京都の某家に女中奉公に出された。卒業式をすまして家に帰ると、人が待っていて、その日のうちに、京都へ連れていかれたという。当時、農山村の娘が女中奉公に出るということは珍しいことではなかったであろうが、少女〈はる江〉はどのようなさびしい、辛い思いで、また不安な気持ちを抱きながら、坂口を発ったであろうか。私はこのことを思うと、母〈はる江〉がいたわしく、涙が溢れ出てくるのである。

芳郎の妻〈静〉が大正十三年（一九二四年）に病没し、〈はる江〉は芳郎の後妻として吉川家に入った。私を頭に男五人、女一人を産み、〈静〉の産んだ娘と合わせて七人の子供を育てあげた。

〈はる江〉は当初、〈かん〉に気に入られなかったようである。私が五十歳ぐらいの頃である。母は愚痴《ぐち》を言ったり恨みがましい事を口にしない人であったが、私にふと漏らしたことがある。

「お義母《かあ》さんが、あんまりきつうにあたらはるので、悲しゅうて、辛うて、おまえをおんぶしながら、疎水の所でとびこんで死のうと思ったことがあったんよ」

一家の住んでいた深草町藤森玄蕃の近くに琵琶湖疎水が流れている。水はそう深くはないが、途中に小さなダムがあり、発電所がある。そこは水が深い。

高知大学を停年退職して間もない頃である。私は藤森玄蕃を訪ね、疎水のダムの所へ足を運んだ。私をおんぶした母が悲しみ泣く姿を心に浮かべ、私は涙を流した。私は母と一緒にダムに沈んで、この世から消えてしまったかもしれない……。長い間、ダムの水面をじっと見つめながら、私は深い感慨に浸って、亡き母を偲んだ。

4　京都深草から滋賀湖北の木之本町へ

私たち一家は、昭和四年（一九二九年）に深草から滋賀県伊香《いか》郡木之本《きのもと》町大字木之本（現長浜市木之本町木之本）の北町に転居した。何月に移ったかは分からない。京都から木之本までの汽車の中で、私はずっと泣き続けて、母を困らせたという。昭和四年における満年齢は、父三十六歳、母二十六歳、祖母六十三歳、姉七歳、私は二歳であった。

木之本町は近江平野の北端に位置し、伊香郡の中心で、五大字からなる、人口約五千の町であった。町の中心は大字木之本で、南北に走る〈北国街道〉沿いに、田上山《たがみやま》の麓に開けた旧宿場町である。一家が木之本へ移った事情については知らない。父の深草での最後の仕事は養鶏であった。木之本に縁者が居たわけではないが、養鶏ができる所として選んだのであろうか。

5　父の仕事

一家は木之本・北町の、〈北国街道〉に面した貸家に住んだ。父は、深草からの継続で、貸家の近くに土地を借りて養鶏を営んでいたが、暫くして、滋賀県立伊香農学校の教員・卒業生で組織されていた「農村振興団」（注1）の農産物販売斡旋所《あっせんしょ》に販売主任として雇われた。この販売斡旋所は、「木之本のお地蔵さん」として有名な、時宗《じしゅう》の浄信寺《じょうしんじ》前から北陸本線木之本駅に至る、町の主要道路〈神領《じんりょう》通り〉（現在は〈地蔵通り〉と呼ばれている）にあった。この農産物販売斡旋所は、単に〈振興団〉と呼ばれていた。父ははじめ通勤であったが、間もなく住み込みになり、一家は北町から神領通りの〈振興団〉に移った。昭和八年（一九三三年）、私が小学校へ入学する一年前のことである。

〈振興団〉の店頭には、伊香農学校の卒業生と郡内の篤農家の生産した野菜・果物・鶏卵・農産加工品などが並べられ、鶏肉も販売された。更に、農学校附属農場の生産物や農産製造実習の製品も並べられた。鶏卵は〈振興団〉で売るだけでなく、大阪・京都へ出荷された。父の努力もあって、〈振興団〉の経営は順調であったようである。昭和六年（一九三一年）二月から七年一月までの、一年間の販売実績について、『伊香高校史』に次のような記載がある。

〈蔬菜〉五〇六円二九銭　〈果実〉二五円五銭　〈花卉〉四円三〇銭　〈農産品〉二九三〇円　〈鶏肉〉二七六五円二九銭　〈鶏卵〉一五九二円八二銭　〈合計〉七八二三円七四銭

葉書一枚が一銭五厘の時代である。現在は五十円である。これを基にして販売の合計額を換算すると、二六〇八万円になる。

給料制であったのか、歩合制であったのかなどについては分からないが、父の収入はかなりあったのではなかろうか。小学校へ入学する前に、私は自転車を買ってもらった。当時、木之本町で自転車を買ってもらっているような子供は数えるほどしかいなかった。

〈振興団〉の経営はこのように順調であったが、昭和十二年（一九三七年）七月、中国との戦争が始まり、生産の担い手で、〈振興団〉の支えであった伊香農学校の卒業生や郡内の篤農青年は、続々と召集を受けて戦地に送られ、農産物は集まらなくなった。〈振興団〉は名だけのものになり、これに伴い、わが家は苦境に陥った。

父は、縁者の居る隣村の北富永《きたとみなが》村雨森《あめのもり》（現　長浜市高月《たかつき》町雨森）で、若者を戦争にとられて作り手を失った農家から水田を借り、当地で〈あらし〉と呼ばれていた田畑輪換方式（注2）で、ダイコン・ジャガイモ・キャベツ・ネギ・タマネギ・トマト・ナス・キュウリ・ウリ・スイカ・カボチャなどを、反単位で栽培し、生産物を〈振興団〉で売ることを始めた。これが、わが家の生活を支える主な仕事となった。

私は、土曜や日曜に父の仕事を手伝った。夏休みも毎日畑へ通って父の仕事を手伝った。栽培の経験があったわけではないが、父は研究熱心で、栽培はうまかったと思う。生産物はよく売れた。

昭和十六年（一九四一年）十二月、太平洋戦争が始まった。国の食糧事情が次第に悪化し、野菜よりも主食の米生産に主力をおかなければならなくなった。反当たりで、米の供出割当があり、野菜を主にした生産は縮小せざるをえなくなった。昭和二十年（一九四五年）八月、戦争は終わった。農家の若者が復員してきたため、借りていた水田の大部分を返還しなければならなくなった。かくて、九人家族のわが家の生活は、極めて厳しい状態になったのである。

県立伊香農学校は戦後、学制改革により県立湖北高等学校伊香分校を経て、県立伊香高等学校となった。普通科のほかに農業科も併設されたが、「農村振興団」の復活はなかった。

注1　団長は伊香農学校長。団の下に蔬菜組合・養鶏組合等を置き、また郡内各地で技術講習会を開催し、農学校卒業生と農学校が密接に連携し、生産から販売まで一体化して地域の農業を振興しようとする、革新的な農業団体であった。伊香農学校は、明治時代に伊香郡民の熱望と奉仕によって設立された学校で、卒業生は当時としては先端的な農業を意欲的に行っていた。この組織は、戦争によって事実上消滅し、戦後に復活することはなかった。

「農村振興団」を設立したのは、当時の伊香農学校長・関根良平氏である。父は関根校長を心から尊敬し、よく話をしていたので憶えている。氏の、秀才の誉れ高かったご子息が、高知大学理学部教授で、昭和六十二年（一九八七年）三月、停年退官された関根良弘先生である。私の小学校の先輩でもあり、奇縁というべきであろう。

注2　稲作の後に水田を畑地化して野菜等を栽培し、何年かして水田に戻す。このような繰り返し栽培方式。

（二〇〇九年三月）

4　幼・少年時代──思い出断片

1　マメ菓子──父の思い出

三、四歳の頃である。一家は木之本の北町に住んでいた。父は〈振興団〉（注）に朝早く出勤し、私が目を覚ました時には家には居なかった。帰りも遅く、父が帰宅した時は、私は既に眠っていた。

父は枕の傍に、いつも〈マメ菓子〉を置いてくれていた。出勤前に、眠っているわが子の顔を眺めながら、そっと置いてくれたに違いない。ダイズを砂糖で固めた丸い板状の菓子で、当時の田舎の子供にとっては、上等の部類の菓子であったと思う。畳に紙を敷き、その上に〈マメ菓子〉が一枚置いてあった。

朝、眠りから覚め出す。目は開けられないが、〈マメ菓子〉のことが意識の中ではっきりしてくる。私は目を瞑《つむ》ったまま、蒲団《ふとん》から手を伸ばして畳の上を探り、〈マメ菓子〉を口に運んだ。その頃、父は三十七、八歳である。幼時の思い出というよりも、忘れ得ぬ父の思い出として、私の心に刻まれている。

注　滋賀県立伊香農学校の教員と卒業生で組織されていた「農村振興団」の農産物販売斡旋所。通称〈振興団〉。

2　鶏——鶏がともだち

幼い頃、姉に遊んでもらった記憶がない。近所に同じ年頃の子供がたくさん居たはずであるが、子供どうしで遊んだ記憶もない。幼時の記憶としてはっきり残っているのは、わが家で飼っていた鶏のことである。

父は〈振興団〉に勤務しながら、養鶏を営んでいた。鶏は五十羽ぐらいいたであろうか。昼間は鶏舎から金網で囲まれた外の広い場所に放たれた。コッコッコッと鳴きながら、鶏はあちこちで、てんでに脚で土を掻いては嘴《くちばし》で地面を突っついていた。

母が短い竹筒を口にした布の袋を作ってくれた。私はこれを持って、近くの田圃《たんぼ》でイナゴを捕まえてきた。金網の外からイナゴを一匹ずつ中に放り入れると、鶏は私の近くに群がり集まり、イナゴを獲ろうと争った。これがおもしろかった。見て楽しかった。

鶏舎の傍に柚《ゆず》の木が、近くに桶屋さんがあったこと、桑畑が広がっていたことなどが、おぼろげながら記憶の中にある。

3　祖母の死——喉を通る水の不思議な音

祖母〈かん〉が亡くなったのは昭和六年（一九三一年）十一月、私が四歳のときである。祖母は病気でずっと床についていた。その日、真夜中であったように思う。母が祖母を後ろから支え、父は何度も祖母に呼びかけ、口に水を注いでいた。水が祖母の喉を通るとき、ゴロゴロという音がした。

私は目を覚まして傍に居たが、祖母の死を目の当たりに見ても、悲しいとか恐いとは思わなかった。ゴロゴロという音をとても不思議に思いながら、ただじっと見ていた。

祖母の葬式に多くの人が集まった。家の中が急に賑やかになり、私は興奮ぎみであった。葬列に何かを持って、少し歩いた。寒い時期であったので、すぐ私は家に戻された。

がらんとした家の中で急にさびしさを感じた。おばあさんがいない。いつも敷き詰めであった、おばあさんの蒲団もなくなっていた。家の近所に大きな柿の木があった。祖母が亡くなったのは十一月末で、柿は熟れた実をつけていたはずである。しかし、なぜか祖母の死が柿の花盛りで、白い筒状の花が地面いっぱいに落ちていた頃のように思い出されるのである。

祖母にかわいがってもらったかもしれないが、祖母についての記憶は薄く、祖母が亡くなったときのこと以外は殆ど記憶がない。

4　伊香農学校――楽しい遊び場所

五歳のとき、一家は北町の貸家から神領《じんりょう》通りの〈振興団〉に移った。住み込みになったのである。〈振興団〉に移ってからも、小学校に入学するまで、私には遊び友達はいなかった。

私は一人で伊香農学校へ遊びに行き、飼育されていた牛や豚を見ながら楽しく過ごした。農学校は賤ケ岳《しずがたけ》の合戦のとき、羽柴秀吉が本陣を置いたことで知られる田上山《たがみやま》の麓にあり、〈振興団〉から四、五百メートルの所にあった。厩舎《きゅうしゃ》の中を抜けたり、花壇の中を歩き回ったり、温室や赤屋根の寄宿舎を覗《のぞ》いたりしたが、誰にも咎《とが》められたり叱られたりしたことはなかった。農学校は、幼い私にとって楽しい最高の遊び場所であった。

小学生になってからも、農学校へ遊びによく行った。養蚕実習室の隅に、桑のたべかすや蚕の糞を掻き出す口があった。時々生きている蚕が混じっており、私はそれを拾い集め、桑園の桑を頂戴して、わが家で繭を作らせた。友達と校庭に集まって野球などのボール遊びもよくした。伊香農学校は私の母校ではないが、思い出の多い、懐かしい学校である。

5 命拾い——二階から転落

私は命拾いをしたことがある。五歳か六歳の頃である。私は二階の手摺《てす》りに、足を浮かしながら窓外を背にして腰掛けていた。父や母に見つかったら、ひどく叱られたにちがいない。恐いとか危ないという感覚はなかった。突如、体のバランスを失って逆さまに屋根に落ち、下にころがり落ちた。その時の、血が全身を走った瞬間、体が屋根の樋を離れた瞬間の感覚を、長い間覚えていたように思う。

真下に大きな庭石があった。屋根の高さからいって、十中八、九即死であったに違いない。ところが偶然というか運がよかったというか、その日に限って大きな竹籠が庭石の上に置いてあったのである。私はその籠の上に落下し、バウンドして地面に転がり、かすり傷だけで奇跡的に助かった。屋根を転がる大きな音で、父と母が庭に飛んできた。私は暫くショックで声も出なかった。

この庭石は比較的平であったが、その上に物が置かれることはない。母が籠を物置小屋に持っていく途中に、何か別の用事を思いついて、ちょっとの間ということで籠を庭石の上に置いたようである。父は咎《とが》めて、早く除《の》けるように言ったようであるが、母は「ハイハイ」と生返事《なまへんじ》をしただけで、籠はそのままになっていたらしい。その籠の上に落ち、籠がクッションになって私は命を拾ったのである。

6　頬のアザ――誰にも言えぬ悩み

私の右の頬《ほほ》にアザがあった。このアザは手術で切除して、今は手術の跡も殆ど分からなくなっているが、少し盛り上がった楕円形の黒いアザであった。生まれたときはアズキ大であったらしいが、体の成長とともに大きくなり、手術した青年期には、長径で二センチ近くあったように思う。

アザのことを何時の頃からか意識し出した。悪童どもにからかわれた。女の子に顔を合わせた時、アザを恥ずかしいと思って何とか隠そうとした。アザはとれないものか。幼い頃から口に出せぬ悩みとして、私の心の奥にあった。

小学校へ入る前であったと思う。私は自転車を買ってもらった。補助車輪を付けなくても乗れるようになった頃である。私は子供用の籐椅子をランドセルのように肩にかけ、自転車に乗った。突如バランスを失って転倒し、道路脇の板塀の基礎石の角で額を打った。右眉の上を何針も縫うけがであった。

病院に連れていかれた。看護婦さんが、アザの所を、液を含んだ脱脂綿で繰り返し繰り返し擦《こす》りながら丁寧《ていねい》に拭いてくれた。私は看護婦さんが薬でアザをとってくれたのだと思った。嬉しくて心が踊った。私は病院から帰ると、すぐ二階へ駆け上がって母の鏡台で自分の顔を見た。アザはとれていなかった。そのままあった。がっかりして、泣き出したいくらいであった。

小学校では三年生からであったと思うが、選挙で男子から級長を、女子から副級長を決める制度になっていた。男子だけの投票で級長を選ぶときは、私が級長に選ばれた。先生によって、男女全員の投票で級長・副級長を選ぶ方式を採られることがあった。その時は、私は女子からの票が少なくて級長に選ばれなかった。私は、アザで女子には嫌われていると思った。悲しかった。これほど思い悩んでいる子供の心を、父や母は分からなかったのであろうか。

何時の頃であったか忘れたが、父が「アザは髭《ひげ》で隠れる」と言ったことがある。父の私に対する夢は軍人であった。見事なカイゼル髭をつけた、偉い軍人を思い浮かべての言葉であったであろうか。「アザがあると人に憶えてもらえる」と言ったこともある。慰めの言葉であったのかもしれない。

このアザは、高知大学に赴任後の昭和三十年（一九五五年）八月、金沢大学医学部在学中であった弟義和の世話で、医学部附属病院皮膚科で手術を受け切除した。

7 遊び——魚獲りなど

小学生になって、勉強はあまりしなかったが、戸外でよく遊んだ。わが家に隣接する〈轡《くつわ》の森〉(注)、小学校・伊香農学校の校庭、浄信寺《じょうしんじ》や氏神の意富布良《いふふら》神社の境内など、誘い合わせて集まり、ボール遊びなどをして遊んだ。

浄信寺は〈木之本地蔵〉として有名な時宗《じしゅう》のお寺であるが、境内に深い井戸があった。遊びの帰りに、釣瓶で水を汲み上げ、釣瓶の縁に口をつけ、冷たい水をゴクゴク飲んで喉を潤した。

けがが絶えなかった。轡の森で〈追いかけっこ〉をして遊んでいたとき、森の端の民家のコンクリート塀に激突して、額《ひたい》を何針も縫う大けがをしたこともあった。

下級生の頃、轡の森でゴザを敷いて〈ままごと〉遊びをしたこともある。お母さん役は、一つ下の隣の和《かず》ちゃんであった。広い葉っぱに松葉を突き刺して、焼き魚のおかずを作った。轡の森には桜の古木があって、隣組の花見の宴も行われた。轡の森は懐かしい思い出の場所である。

魚獲りにもよく行った。賤ヶ岳隧道《しずがたけずいどう》に至る国道を潜り過《よぎ》る、幅約二メートルの川の〈いちご溝〉と言われている所が魚がよく獲れる所で、網とバケツをもってよく出掛けた。モロコなどがよく獲れた。子鮒《こぶな》は〈ガンゾ〉と呼ばれていたが、ガンゾは私たちにとって最高の獲物であった。黒い、厚みのある、いきいきしたガンゾが網に入ったときは嬉しかった。心が躍った。

当時、ガンゾは捕獲が禁止されていると言われていた。バケツの中のガンゾが巡査に見つかったら、捕まえられて牢屋《ろうや》に入れられるかもしれない。バケツに藻《も》や水草を浮かして、ガンゾが見えないようにした。警察署のある国道を避け、大回りして、田圃道《たんぼみち》をワクワク、ビクビクしながら帰りを急いだ。

当時の子供にとって、警察署はとても恐い所であった。巡査も今のように親しまれる〈おまわりさん〉ではなく、捕まえて牢屋に入れる恐い人であった。腰にサーベルを吊っていて、ガチャガチャと音をさせながら歩いていた。道で出会っただけでも恐かった。

注　昔、隣村の伊香具《いかぐ》神社の神官が浄信寺に参詣するとき、乗ってきた馬の轡を川の水で濯ぎ、この森で轡を木に繋いで馬を留め、歩いて浄信寺に参詣された。このことから、轡を濯いだ川を〈轡川〉、森を〈轡の森〉と呼ぶようになった、と言われている。森の端に、河濯《かわそ》大権現を祀る小さな社がある。数本の桜の古木があり、今はないが、私が子供の頃は、楠と銀杏の巨木があった。

8　〈俵かつぎ〉行列 ―― 忠魂碑建立祝賀行事

昭和十年（一九三五年）三月、街の背の田上山《たがみやま》の中腹に、町出身の戦死者を祀る〈忠魂碑〉が建立され、祝賀行事が行われた。その一つに、六～八歳の男の子による〈俵かつぎ〉行列があり、私はその一人に選ばれ参加した。七歳で、小学校一年生であった。

俵を担《かつ》ぐ組と持たない組の二列になって、「シッ！」と声をあげて一歩ずつ進む。途中で指揮する人の声で静止し、「アレワイサーノサー　コレワイサーノサー」と唱えて、俵を隣の列の人に渡す。交互に俵の受け渡しを繰り返しながら進む。法被《はっぴ》を着て、顔には〈お

安達家の庭で（出発前）

北国街道・1935年

〈俵かつぎ〉行列

しろい〉を塗って化粧し、ねじ鉢巻き、わらじ履きであった。

写真は行列の写真である。道は木之本の街を南北に走る〈北国街道〉。奥に見える高い樹は、浄信寺境内の樹。俵を担いでいる右列の前から四番目が私で、私の後ろに立っている人は付き添ってくれた母方祖父の野瀬辰吉である。寒くて水洟《みずばな》が出て、〈おしろい〉がはげるので、祖父は時々鼻を拭いてくれた。

行列の参加者は、小学校の同級生か一年上か下。指揮をしている襷《たすき》がけの人は、近所の薬屋のおじさん。見物人の中に、近所のおじさん、おばさん、子供たち、同級生H君の母さんなど、懐かしい人がいる。人々の服装、女性の髪型などから、昭和初期の故郷の生活様式がうかがわれ、懐かしく、また興味深い。

行列の出発点は、〈北国街道〉と〈北国脇往還〉の分岐点にある安達家の前であった。単独の写真は、出発前に安達家の庭で写してもらった記念写真である。幼年時代の私の唯一の写真である。

9 算盤《そろばん》——二・一点作の五

小学校二年か三年のときであったと思う。父に算盤を教わった。四年になると、授業で算盤を習うが、教育熱心な父は早めに習得させようと思ったのであろう。大きな珠の箱形の算盤で、裏面に「木之本青果市場」の彫り込みがあった。青果市場の何かの記念に配られたものであろう。

十二万三千四百五十六石七斗八升九合、つまり一億二千三百四十五万六千七百八十九を算盤に置くことから始まり、加減を、次いで乗除に進むという教え方であった。加減はすぐ習得できたが、乗除は難しかった。乗除の珠の動かし方は忘れてしまったが、例えば「1÷2＝0.5」の計算を「二・一点作《てんさく》の五」と唱え、珠を動かすのである。珠の動かし方を間違えると、キセルが頭にこつんときた。痛くて泣くと、「泣くな」と怒鳴《どな》られて、またキセルの痛撃を受けた。痛いから泣くんだ、叩かれなかったら泣きゃせん！　目に涙を溜めながら、心は屈辱と抗議の気持ちでいっぱいであったが、父が恐くて何も言えなかった。父の苛立《いらだ》ちはわからないでもないが、子供は子供なりに自尊心がある。傷つけてはならない。私は、子供の勉強をみて苛立つ時、頭は絶対に叩かなかった。体も絶対に叩かなかった。机を叩いた。

10　読　書――佐々木 邦の『珍太郎日記』

幼・少年の頃、〈講談社〉の月刊誌「幼年倶楽部」や「少年倶楽部」を時々買ってもらったことはあったが、絵本や物語など、幼・少年向きの本を買ってもらったことはない。

小学校の校庭に、薪を背負い本を読む二宮金次郎の像が建っていて、無言の教訓を垂れていたが、先生から本や読書についてのお話を聞いた憶えはない。図書室や学級文庫のようなものも、小学校になかった。町に篤志家の蔵書寄贈によって設立された〈図書館〉があったが、子供用の本は置かれていなかった。

私は本や雑誌を、自分の友だちだけでなく姉の友だちからも、借りられるものは何でも借りて、読書欲を満たした。猿飛佐助・霧隠才蔵・三好清海入道などの真田十勇士、塚原ト伝などの豪傑の物語や『ああ玉杯に花受けて』で代表される、佐藤紅緑の少年少女小説などが思い出されるが、特に印象深く私の心に残っているのは、佐々木邦《くに》の『珍太郎日記』である。小学校上級の頃に読んだと思う。

私が幼少の頃、父は、〈振興団〉に販売主任として勤務していた。初め通勤であったが、私が小学校に入る少し前に、一家は〈振興団〉に住み込みになった。それまでは、〈振興団〉には、伊香農学校の先生や卒業生など、団員の宿直があったようである。宿直者の誰かが置き忘れたのであろうか。二階の押し入れに、佐々木邦の『珍太郎日記』があった。

『珍太郎日記』は、珍太郎少年が自分の突飛な言動を語るとともに、家族や訪問客などの言動をつぶさに観察して綴るユーモア小説である。作品構成が漱石の『吾輩は猫である』に似ている。おもしろくて、時を忘れて読んだ。

珍太郎は小学生であるが、この小説は少年向きのものではない。月刊誌「主婦之友」に連載された小説である。どの程度理解して読んだかは分からないが、珍太郎の言動が痛快で、とにかくおもしろかった。珍太郎の周りの社会が新鮮であった。学者のお父さん、家を切り盛りする優しいお母さん、美人で勉強のよくできる三人のお姉さん、という豊かで知的レベルの高い珍太郎の家に、憧れのような気持ちを持った。

少年の頃に読んだ『珍太郎日記』の印象が忘れられず、私は昭和五十年代に、『佐々木邦全集』（講談社・一九七四年）を揃えた。

（二〇〇九年四月）

5　恩師・吉田 達先生のこと

私たちが小学生の頃は、卒業式に「蛍の光」と「仰げば尊し」を歌うのが普通であったが、今は歌わないようである。〈仰げば尊し〉の次の句は〈わが師の恩〉であるが、〈先生のご恩〉とか〈恩師〉という言葉もあまり使われないようである。敬う、感謝する、という心が乏しくなった最近の人情・世相の表れとも言えるが、〈先生のご恩・恩師〉は、大切な言葉として、私の心に確《しか》と定着している。

小学校六年の担任であった吉田達《とおる》先生は、忘れることのできない私の恩師である。先生は昭和六十二年（一九八七年）一月、七十四歳で逝去されたが、私が六年生のとき、二十八歳であられたと思う。

先生のお家は、儒学者・雨森芳洲《あめのもりほうしゅう》の出身地である、隣村の北富永村《きたとみなが》雨森（現　長浜市高月《たかつき》町雨森）にあった。級友何人かと先生のお宅を訪ね、昼に〈ごもくめし〉をご馳走になったことがある。

先生にご指導を受けた小学校六年生の思い出は多いが、卒業後の進路を決めるに当たって、私は先生から受けた温かいお心を忘れることができない。

当時は、小学校尋常科六年が義務教育であった。木之本小学校では、男子は尋常科を卒業すると、一部は県立の中学校（旧制）・商業学校・工業学校・農学校等の中等学校（五年制）に、大部分は尋常科の上に設けられていた高等科（二年制）に進んだ。女子は一部が県立の高等女学校（五年制）に、大部分は町内にあった町立木之本実科高等女学校（四年制）に進んだ。町内にある県立伊香農学校は三年制で小学校高等科二年修了後に入学することになっていた。尋常科を卒業してすぐ就職する人が、男女ともかなりいた。

六年生になって、卒業後の進路の希望調査があった。私は中学校へ進学したかった。父は高等科へ進んで、伊香農学校へ入れと言う。長男の私の下に四人の子供を抱え、収入源は野菜の生産・販売だけであったから、わが家の生活は苦しかった。

父は、私が生まれたとき、当時の総理大臣 陸軍大将 田中義一にあやかり、私を義一《ぎいち》と命名し、立派な軍人にと、私に大きな夢と期待を抱いていたのであるが、私を中学校へ進学させることは到底できない状態にあった。

中等学校進学希望者は教室に残るようにと、吉田先生からお話があった。進学希望組が教室でガヤガヤと賑やかに喋りながら居残っているのを後に、私は逃げるように教室を出て家へ帰った。さびしかった。惨めであった。将来が真っ暗になったように思った。自分よりできない級友たちが、中学校・商業学校・工業学校等を受験する。なんと僕は不幸なんだ。惨めな気持ちになって、誰も居ない二階に上がってひとり泣いた。しかし、中学進学の希望を父にはどうしても言えなかった。

「中学校へ行かしてほしい。僕は学士になりたい」。私は懸命に自分の気持ちを訴え、母に嘆願した。「家がこんなやから、かわいそうやけど、どうしてもやってやれんのよ……」。母はボロボロと涙を出して泣いた。

悶々《もんもん》とした日を過ごしていたが、吉田先生がわが家に来てくださった。何回も足を運んで私の中学校進学を勧めてくださった。先生は、「私が学資を出してもよいから中学校へ遣ってやってくれ」とまでおっしゃってくださったようである。わが子をそれほどまでにと父は感激し、がむしゃらにやればやってやれんこともない、という気持ちになったという。

当時、滋賀県には彦根・膳所・水口・八日市・虎姫・今津の県立中学校と私立比叡山中学校があった。木之本小学校からの中学校進学者は、殆どが距離的に最も近い虎姫中学校に進んだ。当時は学区制が敷かれていなかったので、名門の彦根中学校・膳所中学校へ入る人もいた。しかし、その数は極めて少なかった。

父は私に虎姫中学校を受験させることを決意したようである。ところが吉田先生は、「虎中は私の母校だが、彦中が格段によい。汽車賃だけの違いだ。どうか彦根へ行かせてやってくれ」と言って、彦根中学校進学を熱心に勧めてくださった。

当時のことは忘れることができない。中学校へ行かせてほしいと母に嘆願したのは、一階の間、ガラス戸の傍であった。「学士になりたい」と言ったことが、今考えるとおかしく、ほほえましくも思えるが、本や雑誌で立身出世物語を読んで、最高学府帝国大学への憧れの気持ちを抱いていたのであろうか。

私はかくて滋賀県立彦根中学校を受験して合格し、入学した。漢和辞典・英和辞典、小学校とは違う表紙の教科書を本立てに並べて、何とも言えぬ幸福感に浸ったことを忘れることができない。

吉田先生は私が落ち込んでいるのを見て、また私の日頃の学習意欲などを見ていてくださって、何度もわが家へ足を運び、父に私の中学校進学を勧めてくださったのだと思う。

中学校へ進学しなかったら、私はどうなっていただろうか。そんなことをよく思う。それなりの人生を歩んだかもしれないが、大学教官として教育・研究に専念するという人生を歩むことにはならなかったであろう。私の現在あるは吉田先生のおかげである。

先生が示された教え子に対する温かいお心とご指導は、私に対してだけでないことは言うまでもない。同級の神田きくゑ（旧姓　安達）さんは、高等女学校へ進みたかったが、家庭の事情でどうしてもできず、卒業後、紡績会社へ就職された。「その時、吉田先生から頂いた慰めと励ましは忘れることができないし、就職後も励ましのお手紙をくださった」。同窓会でお会いしたとき、きくゑさんはしみじみと話された。私たちは、すばらしい先生にご指導を受けたのである。

私は昭和二十年（一九四五年）三月、彦根中学校を卒業し、同年四月、陸軍豫科士官学校に入校した。そのとき、保証人を吉田先生にお願いした。当時、陸士入校者は地元出身の高級軍人か名士に保証人をお願いするのが普通であったが、父は吉田先生にお願いした。

父は、自分の夢であった、息子の陸士入校が実現できたのは、吉田先生のおかげであると深く感謝し、保証人になっていただく方は先生を措いてないと思っていたようである。お宅にお願いにあがったとき、「私のような者でいいのかね」とおっしゃったが、私の陸士合格を喜び、保証人になってくださった。

高知大学に赴任後は年賀状を差し上げるぐらいで、お会いすることは殆どなかったが、昭和五十二年（一九七八年）八月、木之本小学校・昭和十五年（一九四〇年）卒業の同窓会に出席し、吉田先生に久しぶりにお会いして、懐かしい思い出など、いろいろと話をした。

私は右頬にアザがあったが、高知大学赴任後に手術を受けて切除していた。それを見て、先生は、「君はアザを気にしていた。見えないように、顔を少し斜めにして上手に隠していた」とおっしゃった。顔のアザのことは、親にも言えぬ悩みであったが、先生はそこまで見ていてくださったのかと、私は感激した。「お父さんは、ほんとうに困ってやはった」。先生は、その頃のわが家の事情もよくわかっていてくださったようである。

先生は、伊香郡内の小学校校長を歴任された。退職後は「雨森芳洲庵」の館長を務め、雨森芳洲の遺徳顕彰と資料整理等に力を尽くされていたが、昭和六十二年（一九八七年）一月、逝去された。その年の元旦、「孫にワープロを習っています　おてあげです」と添え書きした年賀状を頂いたが、それから間もなく逝去された。吉田先生は忘れることのできない私の恩師である。今、しみじみと先生を偲んで、感謝している。時々お訪ねして近況などを報告すべきであったと、深く後悔している。

（二〇一〇年十二月）

6　平成二十三年卯年元旦を迎えて

平成二十三年（二〇一一年）は〈十二支〉で卯《う》の年である。私は昭和二年（一九二七年）卯年六月の生まれで、昭和十四年（一九三九年）、小学校五年生で初の卯年元旦を迎え、本日、実に七回めの卯年元旦を迎えた。齢《よわい》を重ねつるかな、の思いである。

近所にKさんという独り暮らしのおばあさんが居られる。ご主人は私と同じ歳か、一つ下であったと思うが、十年ほど前に病気で亡くなられた。Kさんはよく散歩しておられて、時々道で出会うことがある。会うとKさんは必ず「先生は何どしですか」と問われる。「うさぎです。昭和二年生まれです」と答えると、「姿勢がよい。背中が真っすぐだ。お元気そうだ。そんな歳には見えん」と、お世辞を言ってくださる。「いやいやだめです。あちこちガタがきています。歳相応です」。私はきまったように答える。

Kさんは、亡くなられたご主人のことを思い浮かべて、私を見てくださっているのではなかろうか。Kさんと私は、会えば「何どしですか」で始まる同じ会話を繰り返している。

十二支は年賀状を出したり、頂いたりする正月前後にしか意識していなかったが、Kさんとの会話を繰り返しているうちに、私は〈卯年生まれ〉ということを、だんだん強く意識するようになった。

私は六月に〈12×7〉で満八十四歳になる。八十歳を優に越えているのであるから、社会的には退隠してもよい時期に充分きている。毎年年賀状を二百枚余り出しているが、出すのを止めてもよい時期である。来年から止めよう。私はこのように思って、今年の年賀状に、新年の挨拶、近況報告のあとに、次の言葉を書き足した。

「私は昭和二年卯年の生まれで　小学校五年生で初の卯年元旦を迎え　本日七回めの卯年元旦を迎えました　退隠の時期と心得ますので　來辰年以降　年賀を失礼させていただきます　永年賜りましたご指導とご厚情を深く感謝し　厚くお礼を申し上げます　皆様の末永きご多幸をお祈り致します」

加齢とともに病院通いが多くなった。現在、私は高知大学医学部附属病院の第二内科・泌尿器科・眼科に三か月に一回の割りで通っている。
〈第二内科〉　糖尿病の指標とされる血液ヘモグロビンA1c値がやや高く（6.1前後）、毎回、血液検査を受け、毎食前にベイスンOD一錠を服用している（食後の血糖値上昇抑制）。
〈泌尿器科〉　前立腺肥大。夕食後にハルナールD一錠を服用している（排尿障害改善）。前立腺がんの指標とされる血液PSA値がやや高く（10前後）、今まで二回、生体検査を受けたが陰性であった。
〈眼科〉　緑内障（左眼）、白内障（両眼）。両眼にデュオトラパ配合点眼薬を一日一回点眼（緑内障・高眼圧症治療）。両眼にリンデロン点眼薬一日二回点眼（眼縁炎症抑制）。昨年末より白内障が進み、新聞の文字も読み辛くなった。一月二十一日に入院し、両眼の手術を受ける予定である。
以上のように、私は〈としやまい〉を抱えているが、血液のヘモグロビンA1c値、ＰＳＡ値はやや高いが、ほぼ一定で、大きな変化はない。血圧、コレステロール値も正常で、歯も二十本以上ある。八十歳を越えた人間としては健康体と言えるのではなかろうか。

周りに心配や負担をできるだけかけないようにして暮らしたい。これが私の願いである。妻や子供に心配や負担をかけないというだけでなく、公的にもできるだけ負担をかけないようにしたい。具体的には、保険から支払われる私の医療費が、私の納める保険料を大きく越えないようにするということである。因みに、平成二十二年度の私個人が支払った医療費は、一割負担で〈計〉三三、三六〇円、保険からはその九倍、三〇〇、二四〇円を支払ってもらったことになる。なお、平成二十二年度に私が納めた保険料は、〈後期高齢者医療保険〉二四二、〇〇五円、〈介護保険〉八四、八二〇円、〈計〉三二六、八二五円である。
節制と適度の運動で健康の保持に努め、無理をしないこと、検診を受けて病気は早めに処置することを心がけ、夫婦ともに健康で、二人でひっそりと楽しく生きていきたい。平成二十三年卯年元旦を迎えての私の思いである。

年末に松山から長男夫婦が、鹿児島から次男夫婦が帰省し、六人で元旦を迎えた。私は毎年同じことを言っているのであるが、「健康に特に注意し、ステップ バイ ステップでそれぞれの道を歩んで欲しい」と年頭の言葉を述べ、お互いに「おめでとうございます」と挨拶を交わして、和やかに皆で新年のお雑煮を祝った。因みに、食べたお雑煮の餅の数は私が最も多かった。

〈**追記**〉　予定通り、私は一月二十一日に高知大学医学部附属病院に入院し、翌日午後に左眼、二十四日に右眼の白内障手術（眼内レンズ挿入）を受けた。担当医は小松務先生である。手術はそれぞれ三十分もかからなかった。術後問題はなく、二十六日に退院した。入院中、妻が毎日、長男夫婦が二十二日に病室に来てくれた。手術を受けて、新聞や本の字がはっきりと、またテレビ画面の色が驚くほど鮮明に見えるようになった。周りが急に明るくなった感じで、たいへん嬉しい。なお、今回の入院で支払った医療費は一割負担で四八、三〇〇円であった。今年は保険から出してもらう額が昨年より多くなるであろう。

（二〇一一年一月）

7　小学校同窓・田畑昭二君からのたより

今冬は山陰から北陸・東北・北海道にかけて記録的な大雪で、道路・鉄道の不通、車の渋滞・事故、道路・屋根の除雪作業中の、特に高齢者の死亡事故などがテレビや新聞で毎日のように報道されている。私の故郷の滋賀県湖北地方は雪の多い地域で、故郷の人々はたいへんな苦労をされているにちがいない。私は木之本小学校の同級生で、特に親しくしている田畑昭二君にお見舞いの手紙を出した。

子供の頃、雪の重みで戸が開かなくなったこと、子供ながら屋根の雪下ろしを手伝ったこと、二回も雪下ろしをしなければならなかった大雪の年があったこと、激しい吹雪の中で登下校したことなどを思い出しながら、郷里の人々の苦労を偲び、同窓の皆さんは豪雪の中でどうしておられるだろうか、元気だろうか、と思いつつ見舞いの手紙を書いた。

田畑君からすぐに返信があった。木之本《きのもと》の街で一メートル二十センチぐらい、柳瀬《やながせ》で二メートル以上、福井県境に近い中河内《なかのかわち》では約四メートル積もっている。屋根の上へはもう上がれないので、連日、道路の除雪に精を出している、とあった。

私は昭和九年（一九三四年）四月、木之本尋常高等小学校尋常科に入学したが、その年の入学者は約百二十人で、生まれ月でイ・ロ・ハの三組に分けられた。六月生まれの私は、四月〜七月生まれの男女を集めたハ組で、卒業まで組替えはなく、卒業の時、男は二十人、女は十九人、計三十九人であった。六年間一緒であったから、ハ組同窓の間の親しさは、男女を問わず特別のものがあるように思う。

田畑君はこの手紙で、私が知っている範囲でと断って、亡くなったハ組同窓の男九人、女七人の名前を知らせてくれた。小学校卒業後間もなく病没したN君、戦争中軍属で亡くなったハ組で唯一人の戦没者K君、戦後間もなく病没したO君を加えると、男子十二人が既にこの世の人でない。

私は今まで、学年同窓会に一回、ハ組同窓会に二回、出席しているが、同窓会で久しぶりに会い、親しく話し合ったT君、I君、N君らは、もうこの世にはいない！　亡くなったという男九人のうちY君とS君、女七人のうちHさんとUさんとは、卒業以来一回も会っていない！　私は強い衝撃を受けた。

亡くなったという級友たちは、どういう人生を歩まれたであろうか。私たちは戦争に翻弄《ほんろう》されながら厳しい時代を生きてきた。聞きたいこと、話したいことがたくさんある。私たちの間では、飾らず、包み隠さず、お互いに語り合うことができたように思う。しみじみと語り合う時間を持ちたかった。田畑君の手紙を読んで、私は胸が締め付けられるようなさびしさを感じた。

田畑君の家は私の家から二軒おいた隣であった。同級生というだけでなく、遊び友だちであった。剽軽《ひょうきん》で、おもしろいことを言って皆を笑わせる、ハ組の人気者であった。小学校高等科を卒業して国鉄に入り、北陸本線の機関士として働いた。世話のできる人で、二回開かれたハ組同窓会も彼が主に世話をしてくれた。彼は毎年近況を記した年賀状をくれるが、高知が豪雨災害に見舞われたときなどには、すぐ見舞いの手紙をくれる温かい、心至る友である。私が叙勲を受けたときも、新聞で見たとお祝いの葉書をくれた。小学校同窓の中で特に親しくしている友である。

彦根中学校・陸軍豫科士官学校・名古屋工業専門学校・京都大学と、私には経てきた学校の同級生あるいは同期生がいるが、この歳になって最も懐かしく思い出されるのは、木之本小学校ハ組の同窓生である。お互いの家に行き来し、六年間ともに遊び、ともに学んだ仲間であるという絆《きずな》とともに、遠く離れて故郷を思い懐かしむ私の心が、これに重なるからであろう。

木之本尋常高等小学校尋常科６年ハ組（1939年）
右端　校長 西村薫男先生／左端　担任 吉田 達先生／前から３列め右端　吉川義一／四列め左端　田畑昭二

六年ハ組の学級写真がある。右端が校長西村薫男先生、左端が担任の吉田達《とおる》先生。その間に、三十九名が緊張した顔つきで写っている。懐かしい写真である。私は写真に写っている級友の一人ひとりを追い、特に亡くなった級友のことをしみじみと偲んだ。

（二〇一一年二月）

8　京都大学入学試験不正受験を巡って

二月二十六日に実施された京都大学の入学者選抜試験で、携帯電話を用いた不正受験が発覚した。試験時間中に問題がインターネットの質問サイト（ヤフー知恵袋）に投稿され、試験時間中に解答が寄せられたという。京都大学は、公正な入学試験を妨げる業務妨害に当たるとして、京都府警に被害届を提出し、府警は迅速な捜査によって不正行為者を特定し、予備校生を逮捕した。この受験生は同志社・早稲田・立教の三大学の入学試験でも、同じように携帯電話を使った不正行為を行っていたことが判明した。

この事件に関して高知新聞（三月四日〜九日）に、大学側の対応と京都府警による被疑者の逮捕についての意見が掲載された。主なものを挙げると次の通りである。

・（偽計業務妨害罪に）該当すると思うが、騒ぎが大きくなったために逮捕したら問題。社会が納得するようなストーリーで供述調書が作られる可能性がある。本人は相当追いつめられたと思う。（予備校生）のこれからの居場所を守るのが大人の責任。（一橋大学教授・葛野尋之氏・刑事法）

・ものすごく違和感がある。カンニングにはきちんと対応しなければならないが、あまりにも大げさ。再発防止のため大学側が予備校生に事情を聴くのは構わないが、警察へ届けるのは話が違う。会場への携帯電話持ち込みも防ごうと思えば防げるはずだ。（映画監督・森達也氏）

・カンニングでしょう？　ちょっと大人げないな、という気がしないでもない。大学は犯罪を強調するだけのトーンでやってほしくない。（作家・吉岡忍氏）

・偽計業務妨害が法律論的に成立するのはわかるが、大学側の落ち度が問われないのは違和感がある。京都大もほかの大学も、全面的に自分たちが被害者という意識で警察に相談しているが、監督責任者らの処分がないのはバランスを極めて欠いている。今の子どもは生まれたときから携帯の文化に漬かっていて、画面を見ないで入力できるようなスキルをもっている。この予備校生の場合、経済的な負担が大きい状況で、何とか合格しなければいけないという焦りがあれば一線を越えてしまうことがあり得る。大人や大学が、そういうカンニングが起きないように警戒することが必要だ。情報のモラル教育を確立しなければいけない。ネット環境に生きる子どもたちをどう導くのかが問われている。（法政大学教授・尾木直樹氏・臨床教育学）

・問題流出が発覚したとき、大学は不正行為者に向かい、名乗り出るよう呼び掛けることもできたはずだ。自らの監視体制の不備も一因になったかもしれないのだ。そして仮にも、あまたある大学の中から、自校を選び、志望校としてくれた受験生なのだ。彼が申し出るならば、時間をかけて事情を聴けばいい。そうすれば、入試体制のほころびを知り、そうまでして合格したかった受験生の内実に触れることもできただろう。薬物事件などを起こした学生に、近年の大学は極めて厳しい。ほとんど退学処分にしている。教育機関である大学は、学生や受験生の不正や犯罪に無関係ではあり得ない。その反省に立って、若者に生き直しの機会を広く保障する使命もあるはずだ。（共同通信編集委員・佐々木央氏・核心評論「入試問題投稿」）

・京都大などの入試問題をインターネットに流出させたとして、偽計業務妨害容疑で予備校生が逮捕された一件。異例の手段とはいえカンニングにすぎない。不正自体は断じるべきだが、多くの人が指摘するように、大学は自ら名乗り出るよう呼び掛けることもできたはずだ。研究・教育機関である大学が、志望する若者をいきなり警察に委ねて追い詰める仕打ちは、大人げない気がする。（高知新聞社・松井久この事件に関して、新聞記事で見る限りでは、大学側の対応を批判する意見ばかりである。大学としては、不正受験者を絶対に割り出さなければならない。情報機器を用いた今回のような不正行為は、大学単独では調査に限界があり、警察の力を借りなければ、不正受験者を見つけることはできない。これが京都大学の立場であったと思う。

証拠隠滅があるかもしれないし、共犯者がいるかもしれない。この判断で警察は被疑者を割り出し、逮捕して取り調べたのだと、私は思う。綿密に計画された不正行為であり、〈自発的な申し出で〉を待つような猶予はないし、期待できない。〈申し出で〉もなく、捜査の機を逸して不明あるいは灰色の結果では許されない問題である。

答案と寄せられた解答を照らし合わせることも方法として考えられるが、寄せられた解答の丸写しでなく、参考にして自分流に答案を書いたら、不正行為の発見は困難である。

不正行為者がもし見つからなかったらどうなるのか。不正受験者が割り出せず、この受験生が合格するような事態になったらどうするのか。見つけることが、京都大学の受験生のみならず、全国の大学の受験生に対する絶対的な責任である。来年以降の全国大学受験生に対する責任である。社会に対する責任である。

大学の処置に対する批判者は、大学が外部からの通報で、試験時間中に不正行為が行われたことを知り、警察に被害届を提出し、警察の迅速な捜査で不正行為者が特定され、逮捕されるに至った経緯と、何よりも事の重大性を充分理解していない。また、合格を目指して真剣に勉強し入学試験に臨んだ受験生や、それを支える家族や関係者の思いについての配慮がなされていない。必ず、不正行為者を見つけなければならない大学の立場が理解されていない。「カンニングでしょう？　ちょっとおとなげないな」というような軽い問題ではない。

「監督者の処分がないのはバランスを欠く」とあるが、監督体制のどこに問題があったか。不正行為を見つけることができなかった監督者の責任などについては、これから学内で当然調査し検討されることである。現段階で言うことではない。

私も、高知大学在職中、監督者として、また実施責任者として入学試験に係った。試験の監督は、受験生が解答に集中できるように、心を乱すことがないように、細心の注意を払ってしなければならない。これが盲点になった可能性がある。左手で打ち、監督者が近づくと、携帯電話を脚に挟んで隠すという用意された巧妙な手口である。悪質である。同情の余地はない。

京大志願について、親に経済的な負担をかけないようにしたかったと言っているという。それなら、地元の予備校に通い、あるいは通信教育等を受けて自宅で勉強し、地元の大学を目指すべきである。実力がついていないのに、格好《かっこう》よさだけを狙っている。安易で軽薄な心が見える。自分の考え方、今回の不正行為を心底から反省して、再出発してほしい。関係者は適切に指導すべきである。

大学の対応を批判する意見ばかりの新聞であったが、もし、大学だけの調査で不正行為者が特定できなかったらどうなるのか。そういう事態になれば必ず、大学の対応が甘かった、大学だけの調査では限界があることがわからなかったのか、大学は受験生や社会に対する責任をどうとるのか、試験をやり直せ、というような意見が続々と出てくることであろう。

新聞やテレビは、逮捕者の出身高校や在籍していた予備校に行き、在学中のこと、学力、性格、家庭環境、日常の生活態度まで事細かに取材し、報道している。マスコミのこのような行動を批判あるいは反省する記事はないようだ。名前を伏せても、これほど詳しく報道すれば、周りの者には誰だかすぐわかる。本人が再出発するために大きな支障になるであろう。息子の行為を悲しみ苦しんでいるに違いない親に対し、惨《むご》い非情の鞭を加えたことになるであろう。

未成年者に関しては、特に節度ある報道が望まれるが、実際には、報道はマスコミ自体の論理で動いている。大学の対応や警察の処置よりも、この方が問題ではないか。

（二〇一一年三月）

9　東日本大地震を巡って

平成二十三年（二〇一一年）三月十一日、午後二時四十六分頃、三陸沖を震源地とするマグニチュード九・〇という巨大地震が起き、東北・関東の多くの市町村集落は、地震と巨大津波の襲来で壊滅的な被害を受けた。多くの人命が失われ、五月七日現在で、死者は一四、七二八人、行方不明者は九、九六〇人であるという（警察庁纏め）。

追い打ちをかけるように、地震・津波による東京電力福島第一原発の破損事故による放射能汚染で、周辺の住民は何時解除されるかわからない状態で、居住地から避難させられた。また放射能汚染と風評による被害で、東北・関東各県の農・水・畜産業は甚大な損失を蒙った。東京電力は四月十七日に、福島第一原発事故の収束に向けた工程表を発表したが、事故が計画通りに収束できたとしても、放射能汚染の影響は容易に消去できないものである。

新聞に毎日、死亡者・行方不明者の名前が掲載されている。ゼロ歳児から百歳に近い人まで、同じ姓の人も続いている。家族全員の死亡もあったようである。犠牲者の大部分は津波によるものという。それぞれの人に、それぞれの人生があり、未来があった。家族があった。津波に呑み込まれて、一瞬のうちに人生を断たれた人々のことを思うと、まことに痛ましく悲しい。

命を守ることができた人も、家屋敷を破壊され、財産を失い、避難を余儀なくされ、仕事を失い、たいへんな苦労をされている。家族に死者や行方不明者のいる方も居られるであろう。新聞・テレビで地震関係の報道が毎日されているが、まことに胸痛む。

大災害の報を受けて、国内外から多くの温かい支援が寄せられている。寄せられた義援金も現在二千億円近くになっているという。わが家も僅かではあるが、義援金と呼び掛けに応じてタオル・衣類等を送った。

海外からの救援隊、米軍、自衛隊、地元消防隊等のほか、全国から集まった多数のボランティアの献身的な活動状況が毎日報道されている。悲惨な状況の映像を見て心痛むが、支援・救援活動の報道に何かほっとするものを感じる。


津波は想定を遥かに越えた巨大なものであったという。世界一と言われ、完璧と言われた釜石湾口防波堤も破壊された。各地域で避難場所に指定され、安全と思われていた建物等も津波に呑み込まれて、多くの犠牲者が出た。まことに痛ましい。

福島第一原発には、想定を遥かに超える十五メートルの津波が襲来したという。原発に関しては、想定外ということは許されないことである。想定できなかったというよりも、想定しようとしなかった、想定以上のことは何も考えなかったということであろう。危険性を警告している専門家もいたという。東京電力と国の責任は極めて大きい。


福島原発事故で、地震国日本における原発の危険性を、あらためて強く深刻に思い知らされた。原子力によらない発電への移行を、国として、真剣に、早急に取り組まなければならない。各電力会社は原発の災害対策を見直し、念には念を入れた災害対策を新たに構築しなければならない。

エネルギーの多量消費、物の多量消費・多量廃棄の従来の生活様式も改めなければならない。国も、企業も、国民も、真剣に考え、取り組まなければ、日本の将来はないであろう。

政府の要請を受け、東海地震の想定震源域内にある中部電力の浜岡原発四号機の運転が停止されたという報道があった。電力需要等からの異論もあったというが、適切な当然の要請であり、措置であったと考える。

高知県では、津波は当日の午後四時四十分頃に室戸岬で四〇センチ、その後次々と各地に到着した。須崎港には最大波二・七九メートルの津波が襲来し、漁船の転覆・流出、岸壁の冠水、港町で家屋浸水が起こった。野見湾と浦の内湾では養殖（カンパチ・タイ）用生け簀《す》の破損・流出と養殖魚の逃げ出し、四万十川河口では係留漁船の転覆やアオサノリ養殖網の破損などの被害が出た。

高知県の沿岸地域に対し、津波注意報、津波警報、避難勧告、次いで避難指示が午後四時二〇分までに出された。避難指示の対象者は一八一、七七三人であったが、避難率は僅かに五・九パーセントであったという。幸いに津波による人的被害は出なかったが、人々の危機意識の低さに驚く。東北沿岸を襲ったような大津波が襲っていたら、と考えると慄然《りつぜん》とする。

今後三十年以内に南海地震の起こる確率は六〇パーセントであるという。地震学者の尾池和夫氏は「マグニチュードが九を越える超巨大地震が起こると、活火山の噴火や大規模地震の発生などの連鎖反応が広い地域で見られる。日本列島も決して無縁でない」と警告されている。

近い将来起こると予想される南海地震は、昭和二十一年（一九四六年）の南海地震よりも規模が大きいと考えられている。東海地震・東南海地震との同時発生の可能性もある。南海地震に備えて、国・地方自治体は地震と津波の対策を点検し、万全の対策を立てなければならない。各家庭でも、地震・津波の備えについて真剣に考えなければならない段階にきている。

（二〇一一年五月）

〈ひとこと〉――〈なでしこジャパン〉の優勝を讃える

ドイツで開催された女子サッカーのワールドカップで、日本代表の〈なでしこジャパン〉が優勝候補のアメリカをＰＫ戦の末に破って優勝した。正《まさ》に快挙である。各選手の、鍛えぬき磨きぬかれた高度の技術と見事な連携プレイで、劣勢に耐え、諦《あきら》めず、失点すれば追いつき、最後に勝利をものにした。

私は深夜に起きて観戦したが、〈なでしこジャパン〉の戦いぶりに、強い感動を覚えた。彼女らの戦いぶりは、体力的に劣る日本人が、スポーツ界で世界と戦う方法を示したのみならず、資源に乏しい日本が、あらゆる分野で発展していくための方法に、貴重な示唆《しさ》と教訓を与えたように、私は思った。

〈なでしこジャパン〉の優勝を心から喜び、監督と選手の皆さんに、賞讃と感謝の拍手を送る。

（二〇一一年七月）

10　雨森芳洲の著書を読んで――「交隣提醒《こうりんてんせい》」「治要管見《ちようかんけん》」「多波礼具佐《たわれぐさ》」

雨森芳洲《あめのもりほうしゅう》は、近江国雨森村、現在の滋賀県長浜《ながはま》市高月《たかつき》町雨森《あめのもり》出身の江戸中期の儒学者である。木下順庵の雉塾《ち》に入門して朱子学を修め、新井白石・室鳩巣とともに〈木門《もくもん》三傑〉と称された碩学《せきがく》である。

師順庵の推挙により対馬藩宗《そう》氏に仕え、約六十年間、「誠信の交」で、朝鮮との外交・通商・文化交流に顕著な業績を残した人である。また朝鮮語の辞典・学習書を作成し、〈通詞〉養成の学校を設立するなど、朝鮮語の教育体系の整備に尽くした語学教育の先覚者である。

雨森は私の郷里に近く、小学校下級の頃、〈遠足〉で芳洲生家跡の〈芳洲書院〉を見学したことがある。引率の先生から説明を受け、郷土出身の偉大な学者としてたいへん誇らしく思ったことが思い出される。芳洲先生は八十歳を越えても学問に精進されたというお話があった。子供心に深い感銘を受けたのであろう。七十数年も前のことであるが、書院の中庭で聞いた先生の話を憶えている。

芳洲書院跡は現在、雨森芳洲の遺徳を顕彰するとともに、東アジア諸国との文化交流の拠点になることをめざして、「東アジア交流ハウス　雨森芳洲庵」として整備されている。

第二部に記述したが、二〇一〇年秋に、私は妻と雨森を訪ね〈雨森芳洲庵〉を見学した。本章は、そのときに購入した〈芳洲会〉発行の芳洲の著書を読み、内容を要約し、読後の感想を記したものである。

1 交隣提醒――藩主義誠公に上申（一七二八年）

朝鮮との外交・通商において過去に生じた問題を挙げ、その処理と得られた教訓を五十四項目に分け、詳しく記述している。長年の朝鮮との外交折衝・通商・文化交流等の実務で得た教訓と、朝鮮の制度・法律・習慣・人情等についての深い知識・理解に基づいて、あるべき外交の基本と採るべき方策を、具体的に懇切に述べている。

・互いに欺かず、争わず、真実をもって交わる「誠信の交」を基本理念として外交を行うことが、恒久的な善隣関係を維持するために肝要である。朝鮮は、国の制度・法・風俗・習慣等が日本と異なるので、これを知り、尊重することが重要である。

・外交に直接係わる〈通詞〉は、朝鮮語を解し話せるだけでなく、朝鮮の事情に精通し、また人格・学問に秀でた優れた人物でなければならない。藩として、人材を養成し、選び登用し、また厚遇しなければならない。

・両国間の交渉には、その会談の内容等を詳細に、正確に記録しておくことが極めて重要である。記録は後々の難事の解決にも役立つ。

・過去に武威を背景に交渉を有利に進めようとしたことがあったが、それはしてはならないし、現在はできないことである。相手を侮ってはならないし、侮られることがあってはならない。折衝には毅然とした姿勢で臨むことが肝要である。

この著を読み、雨森芳洲の高邁な外交思想、豊富な実務経験と的確な現実把握に基づく外交姿勢に感動した。明治以降の日本外交に、芳洲の外交思想が活かされていたとしたら、歴史は違ったものになったのではないか。芳洲の外交思想と方策は、現在あるいは将来にわたって、多くの教訓と示唆を与える。読みつつ、このような思いを深くした。

中学生のときであった。歴史の教科書に新井白石・室鳩巣は出てくるが、雨森芳洲についての記述はなかった。それがたいへん口惜しく、残念に思ったが、明治以降の日本の対朝鮮外交において、芳洲の思想は軽視あるいは無視されていたことによると考えられる。しかし最近、雨森芳洲の思想・業績は見直され、評価が頓《とみ》に高まっているという。

江戸時代に幕政あるいは藩政に係わり、重要な役割を果たした優れた儒学者は多数いる。しかし、その思想と実践が現代に、さらに未来に、貴重な教訓と示唆《しさ》を与え続けるであろう儒学者は、雨森芳洲を措いてないのではないか。私はこのように思い、雨森芳洲に対する尊敬の念を一層深めている。

2　治要管見——藩主義如公に上申(一七三五年)

君徳・国勢・武備・財用・奢侈《しゃし》・倹約・儲蓄《ちょちく》・庶官・班禄・風俗・賞罰・号令・事上・交隣・育財・世変の十六項目に分け、藩主として備えるべき人格、在るべき日常の生活態度から、政治・経済・武備・外交・人材育成等において心得るべきこと、守らなければならないことを、まことに懇切丁寧に述べている。〈誠信の交〉で善隣外交を推進しなければならないが、〈武備〉の項で、財政的な備えだけでなく、武力の備えも怠ってはならない、と述べている。

『交隣提醒』や『治要管見』を藩主に上申し、藩主に受け入れられていたということは、芳洲に対する歴代藩主の信頼がいかに厚かったかを示している。

芳洲は高邁な理想主義的思想と、柔軟で緻密な方策・実行力を併せ持つ、卓越した思想家・外交官であり、また政治・経済・教育に亘り、高い識見と実行力をもつ優れた官僚であったと言うことができよう。

3 多波礼具佐（たわれ草）――上・中・下（一七三二年頃）

和文随筆。はじめに「たはれたるものの言葉も、かしこし人ハえらぶといへるをたよりとし、見し、きゝし、おもひし事どもを、そぞろに書きつづけて……、わが後なる人の庭の訓ともおもえかしと、……のこしはべるなり」とある。

国の運命あるいは衰退の原因、政の在り方、封建と郡県制の比較、政を司る者の心得、会議の在り方、記録の必要性、もろこし（中国）・から（朝鮮）の風儀論、金銀銅の浪費の戒め、上に立つ者の奢侈の戒め、病気の治療と薬、衣服のこと、養蚕のこと、人々の生き方のこと、〈もろこし〉と〈から〉の言葉と〈やまと〉言葉の違い、かな文字論など、内容は極めて広範囲で多岐に亘る。

中国の故事記録や儒家の言説などを引用しながら、自分の考えを平易な言葉で綴っている。古今の多くの随筆に見られるような風景や折々の心境などについての文章はない。高い学識と高邁な思想、政治・外交の実務経験と豊かな人生経験から生み出された教訓的な随筆である。芳洲の誠実で、高潔な人格が滲みでている。

〈参考〉 雨森芳洲（一六六八年生・一七五五年没）の著作等（諸資料より・年齢は数え年）

交隣須知　朝鮮語の辞書・教科書（三十八歳頃）
俗儒三種　朝鮮通信使聘礼を改革将軍の称号を「日本国王」とした新井白石を名分論で論難（四十四歳）
朝鮮風俗考　林鳳岡大学頭の求めにより作成（五十三歳）
交隣提醒　藩主義誠公に上申した外交の心得。芳洲の著作の中で最も高く評価されている（六十一歳）
芳洲訓言　藩主義誠公に献じた十一箇条の訓言。献上の時期は明らかでない。
全一道人　明の劇作家・全一道人著の三十六編を朝鮮語と日本語で対訳した朝鮮語の学習書（六十二歳）
治要管見　藩主義如公に上申。治国の要諦を説く（六十八歳）
芳洲了見書　藩財政の立て直しと為政者の心得を説く（七十歳代後半）
たはれ草　和文随筆（六十五歳）
橘窓茶話　漢文随筆（八十歳）
芳洲詠草　隠居（八十一歳）後から詠み始めた和歌を集録。十六巻（約二万首）

（二〇一一年八月）

11 「市原麟一郎　よみがえれ土佐民話展」を観て

平成二十三年（二〇一一年）九月十七日から約二か月に亘り、高知県立文学館で「市原麟一郎　よみがえれ土佐民話展」が開催された。

市原麟一郎先生は、県内各地の民話を蒐集・記録するだけでなく、民話を基にした紙芝居、さらには落語も創作し、自ら「さすらい亭独歩」と称して口演されるなど、民話を中心にした活動を幅広く精力的に続けられている。また戦争体験を語り継ぐ活動にも深く係ってこられた。

「土佐民話の会」を主宰し、月刊誌「土佐の民話」を発行されている。今年は「土佐民話の会」創立四十周年に当たるという。「土佐の民話」は十月に四八二号が発行されたが、今まで一号の欠号もないという。

土佐民話の掘り起こしと伝承、戦争体験の記録と伝承に注がれてきた先生の熱情と精力的な活動に、私は心を打たれ、先生に深い尊敬の念を抱いている。

土佐の民話を中心にした先生の活動については、著書を通じて以前から存じあげていたが、直接お目にかかったのは、先生の「ニューエルダーシチズン大賞」受賞祝賀会の会場で、昨年十月のことである。米寿を迎えられたということであったが、会で自作の「土佐民話落語」を、張りのあるお声で語られる元気なお姿を拝見して、私は先生に対する尊敬の念とともに、不遜な言い方かもしれないが、先生に対する親愛の情を深くした。

九月十七日の開会日と十月十二日の二回、私は「よみがえれ土佐民話展」を観に行った。県内各地で伝承されてきた民話、人々によってひっそりと大切に守られてきた社・祠・お堂・野仏などを訪ねる「神仏めぐり」、戦争体験の記録に関する多数の著書、これらの基になった綿密な取材ノートなどの展示を観て、先生の精力的な活動と貴重な業績に改めて心を強く打たれた。

土佐民話に現れるおどけ者に関する展示コーナーがあった。絵は独特のユニークな人間像をいきいきと表していておもしろく、このような人物を産む土佐の風土と人々の暮らしというものを考えさせられた。

戦争体験の展示コーナーがあった。戦争の悲惨さを忘れてはならない。戦争ほど愚かで、非人間的で、恐ろしいものはない。戦争は人道に反する最悪のものだ。平和がいかに尊く大切なものか。私は、自分自身の戦争体験と〈戦争と平和〉についての私の思い・考えを重ねて、心引き締まる思いで、この展示を観た。

今回の展覧会開催は、先生ご自身「私の畢生の大仕事」と言われているが、土佐の民話を中心にした、長年の活動の集大成と言うべきものである。展示を観て、先生の使命感のような、ひたむきな熱いお心を感じた。

民話は、人々の暮らしのなかで生まれ、育ち、語られ、伝えられてきたものである。恐ろしい話、滑稽《こっけい》な話、悲しい話など様々であるが、民話から人々の暮らしと営み、暮らしのなかでの喜怒哀楽《きどあいらく》、風土と慣習、村落における人間関係、人々の自然に対する畏敬《いけい》の心などがうかがわれて興味深い。

土佐の民話の多くは農山漁村で生まれたように思われる。言うまでもなく、土佐弁で語られ、話はいきいきとして心に迫り、楽しくおもしろい。

「よみがえれ土佐民話展」は、土佐の風土のなかで生きてきた人々の暮らしと心をうかがう上で、土佐民話の文化的意義を認識する上で、次代に伝えていく上で、意義深い催しであると考えられる。

（二〇一一年十月）

12　センダンを巡って

センダンは、川縁《かわべり》や道路脇などあちこちに生えている、私たちにとって見慣れた落葉樹である。わが家の近くでは、大篠《おおしの》小学校の運動場に大木が何本かある。この学校の卒業生にとってセンダンは、夏に涼しい木蔭をつくる思い出の木のようで、一九八六年発刊の『創立百十五年記念誌』の誌名に、「せんだん」が採用されている。

高知大学では朝倉キャンパスに、旧陸軍用地時代に植えられたセンダンの巨木があるが、私が勤務した農学部のキャンパスにも、構内北部の東西の通路にセンダンの並木がある。開学して間のない頃、学生と教職員が植えたものである。度々の台風に遭って枝をへし折られもぎとられても、その都度、新しい枝を伸ばし、不格好《ぶかっこう》ではあるがたくましく育っている。初夏には、いかつい木に清楚な紫の花をつけ、清らかな香りを一面に漂わせる。そして秋には、淡黄色で楕円形の核果を結ぶ。

果実はリンゴ酸のほか果糖・ブドウ糖を多量に含み、野鳥にとっては好い餌のようで、センダン並木に野鳥が〈くらがって〉(注)いるのを、見たことがある。

私は、南国市篠原の自宅から農学部へ自転車で通勤したが、このセンダン並木の道をいつも通り抜けて研究室へ通い、帰りもこの並木道を通った。植樹に参加した一人でもあり、懐かしい並木道である。

私はここ十五年、〈土佐ことば〉の蒐集を楽しんできた。蒐集した〈土佐ことば〉の語源を探るために、『枕草子』や『徒然草』などの古典に目を通したが、これらの古典に、センダンが古名の〈楝・樗〉（オウチ）で出てくる。センダンは土佐のような暖地にのみ育つ樹木と、単純に考えていたので、センダンについての文章に遭って、おおげさな言い方であるが、私は新しい発見をしたかのように嬉しく、心が躍った。

・木のさまにくげなれど、楝の花いとをかし。かれがれにさまことに咲きて、かならず五月五日にあふもをかし。（枕草子・三七）
・むらさきの紙に楝の花、あをき紙に菖蒲の葉、ほそくまきてゆひ、また、しろき紙を、根してひきゆひたるもをかし。（枕草子・三九）
・賀茂の競べ馬を見侍りしに……向ひなる楝の木に、法師の、登りて、木に股につい ゐて、物見るあり。（徒然草・第四十一段）
・大臣父子のかうべ都へ入る。検非違使ども、三条河原の出で向ッて、これをうけとり、大路をわたして、左の獄門の樗の木にぞかけたりける。（平家物語・巻第十一・大臣殿被斬）

これらの文章から、初夏には清らかな紫の花をつけ、幹から枝を不格好《ぶかっこう》に伸ばし、都のあちこちに生えているセンダンの姿が想像される。枝分かれの多い樹形から、あまり大きくならない間は、物を吊るしたり掛けたりするのに都合のよい木であることはわかるが、さらし首の木に使われたということは驚きであり、悲しい気持ちになる。

楝・樗についての文章に触れてから、私は京都のセンダンがずっと気になっていた。徒然草に出ている、競べ馬が催された〈賀茂〉は上賀茂神社と思われるが、下鴨神社の神域には〈糺《ただす》の森〉があるので、この森にセンダンの木があるかもしれない、調べてみたい、と思っていた。

二〇一二年秋、私たち夫婦は、宇治の家で過ごした。一日、百万遍の知恩寺で開催されている〈古ほんまつり〉に行ったが、その前に下鴨神社に参拝した。そして〈糺の森〉を散策し、静寂な森を楽しみながら、センダンの木を探した。木肌がセンダンに似ている木もあったが、高木で葉の姿・形などがよく見えず、センダンかどうかは分からなかった。「〈糺の森〉の植生を調べた本があるであろう。それを見たら分かる」などと、妻と話しながら森を出て、高野川に架かる河合橋を渡った。ところがなんと、橋を渡った所の高野川沿いの道路脇で、センダンが生えていたのである。早速、写真に撮った。

直径三、四センチの株が根元近くで伐《き》られていたが、株から枝が何本も出ていた。葉の形から間違いなくセンダンである。街路樹は桜と柳で、センダンは余計なものとして伐られたのであろう。当日は〈古ほんまつり〉に行くのが主な目的であったし、本も買ったが、帰路、私は「今日の最大の収穫はセンダンだ」と、センダン発見の喜びを妻に伝えた。

その後、私は東大路の百万遍近くの植え込みにも、幼木ではあるがセンダンが生えているのを見つけた。センダンの実を食べた鳥が糞を落とし、生えたものであろう。どこか近くにセンダンの大木があるはずであるが、今のところ見つけていない。

私たちは、宇治の家から京都へはJR奈良線を利用している。今まで気がつかなかったが、車窓から、線路近くに生えている何本かのセンダンを見つけた。高木であったが、土佐のセンダンのように精気に満ちた木には見えなかった。

二〇一三年五月末、私たちは、東近江市蛭谷《ひるたに》の〈木地師《きじし》資料館〉を訪ねたが、その途中、近江鉄道の〈近江八幡―八日市〉間で、車窓から、見事に咲き誇る数本のセンダンを見付けた。私たちは、その見事さに思わず声をあげた。

枕草子や徒然草の文章から触発されたセンダン探しは、このように成果を挙げつつある。

広辞苑のセンダンの項に、「果実は生薬の苦楝子《くれんし》としてひび薬に、樹皮は駆虫剤に用いる。材は建築・器具用材」とある。妻は幼い頃、冬に手に〈しもやけ〉ができたとき、センダンの実をいれたお湯に手を漬けてもらったことがあると言う。

土佐ではセンダンの大木は珍しくないが、建築用材や器具用材に使われたということは聞いたことがない。近松門左衛門の「女殺油地獄」に〈せんだんの木橋〉（大阪の北浜から中之島東端に架かっていた橋）が、井原西鶴の「好色一代男」に〈せんだんの丸木引切枕〉が出てくるので、かつては身近な木材として、日常的に利用されていたのかもしれない。

注　〈くらがる〉古語〈闇がる・暗がる〉に由来する〈土佐ことば〉。原義の〈暗くなる〉の意のほか、植物が繁茂している状態、人・動物・鳥などが群がり集まっている状態を表す語として使われている。ここでは、鳥が〈センダン〉に群がり集まっている、の意。

（二〇一三年五月）

13　甲子園へ――土佐高校の応援に

1　土佐高校野球部〈二十一世紀枠〉で甲子園出場

妻の母校である土佐高校の野球部が、第85回選抜高校野球大会出場校に〈二十一世紀枠〉で選出された。高校野球の在り方から考えて、〈二十一世紀枠〉での選出は、高校野球部にとって最も名誉なことであると考えられ、土佐高校野球部に祝意とともに賞讃の拍手を送りたいと思う。

実は、私の母校、滋賀県立彦根東高校（私は前身の旧制滋賀県立彦根中学校卒業）も、第81回選抜高校野球大会に〈二十一世紀枠〉で選ばれ、五十六年ぶりに甲子園出場を果たしている。善戦したが、一回戦で敗れた。しかし、整然とした清新で熱気溢れる応援ぶりは感動を呼び、応援の〈最優秀賞〉に輝いた。

彦根東高校の甲子園出場に当たって、寄付の呼び掛けがあった。私も応じたが、卒業生だけで、実に五、三三〇万円も集まったという。母校の〈二十一世紀枠〉での甲子園出場は、卒業生にとっても大きな誇りであり、喜びは格別であったということである。私は、彦根東高校と土佐高校の〈二十一世紀枠〉選出校どうしの練習試合ができるようになったらいいな、と思ったりしている。

2　明徳・星陵戦における松井選手の五打席連続敬遠問題を想起して

全国から優れた中学の有望選手を集めて強化を図る、いわゆる野球の名門高、野球のことしか考えない、勝利最優先の指導体制等、高校野球には問題が多い。それで、〈文武両道〉を目指し実践している土佐高校の野球は、高校野球の理想をめざすものとして私は好感をもち、応援している。全力疾走の溌剌とした選手の姿にも強く魅かれる。

高校野球の在り方を考えるとき、二十年も前のことであるが、甲子園の夏の大会で、高知県代表の明徳義塾高校と石川県代表の星陵高校の試合で、星陵高校の松井秀喜選手が連続五打席敬遠されたときの騒ぎを思い出す。次の文章は、この事について綴った当時の私の感想文である。

〈甲子園の明徳・星陵戦を巡って〉　甲子園での全国高校野球選手権大会二回戦、高知県代表明徳義塾高校と石川県代表星陵高校の試合で、明徳の河野投手が星陵の四番松井選手を五打席とも連続して四球で敬遠したことについて、騒ぎが起こった。九回裏、星陵の同点あるいは逆転のチャンス。しかし松井選手は敬遠された。三塁側の応援席から怒声とともに、メガホンや物が球場に投げ込まれ、試合が一時中断された。この試合は結局3対2で明徳義塾高校が勝ったが、校歌斉唱の際も「帰れ」の怒声で、校歌がかき消されたという。

牧野直隆高野連会長が異例の記者会見を行い、「勝とうという意欲に走り過ぎるより、もっと大切なものがある」と語り、無走者の場合でも勝負しなかったことに対し、「ベンチから（堂々と）ぶつかっていけという指示があってもよかったのでは……。度がすぎて

いた」との見解を示したという。（高知新聞）

私はテレビで最終回の攻防を観戦しただけに過ぎないし、高野連会長の記者会見を聞いたわけでもないが、五打席敬遠だけを問題にした発言であったとしたら、高野連会長として、まことに不見識なことではなかろうか。

この敬遠策については賛否両論、いろいろと議論があるであろう。関係者は大いに議論したらよい。しかしどのようなことがあろうとも、グランドに物を投げ込んで試合を中断させた星陵応援団の行為、校歌斉唱中の怒号は許されざることである。議論の余地のない許されざる行為である。もしこれに遺憾の意を表しなかったとしたら、高野連会長は何を考えているのかということになる。審判団は放送で注意すべきであったし、会長は星陵高校に対し、この行為を厳重に注意すべきではないか。

全打席敬遠策は高校野球にとって望ましいことでないとしても、ルールを外れたものではない。しかし、星陵応援団の行為は断じて許すことのできない、論外の行為である。

全国から中学の有望選手をスカウトして野球の強化を図る一部の私立高校、プロ球団からの指名の際の、球団関係者の高校野球部監督に対する訪問・挨拶からもうかがえるプロ野球との関係、プロ選手の卵として一部選手を採り上げるマスコミ、野球のことしか考えない監督など、高校野球の本来の在り方から逸脱しているようなことが最近目立つ。

甲子園で敗れた選手が、甲子園の土を袋に詰めて持ち帰るシーンがテレビでよく映る。テレビは感動的なシーンとして映し出す。選手は悲壮感に酔っているのではないか。見られていることを意識して、これほど純粋に甲子園に打ち込んでいるのだということを、演じて見せているのではないか。私はこの情景を不愉快に感じる。

テレビで野球選手の猛烈な練習ぶりが紹介される。この人たちは何時勉強するのだろうか。あれほどの熱意と頑張りで勉強すれば、誰でもよくできるようになると、意地悪く思ったりする。高校野球には見直すべきことが多い。明徳・星陵戦は、高校野球の在り方を見直す契機を与えてくれた点で意義がある。

（一九九二年九月記）

3 甲子園へ——浦和学院高との試合を観戦・応援

三月十五日に行われた組み合わせ抽選会で、土佐高校の対戦相手が、第三日第三試合で埼玉の浦和学院高校に決まった。

三月二十四日、妻と宇治の家から、JRと阪神電鉄を乗り継いで甲子園へ行った。アルプススタンド席券は既に売れ切れであった。土佐高校は先攻で、三塁特別自由席券を買って入場した。自由席も多くの人で埋まっていた。アルプススタンドに近い席をとり、観戦した。アルプススタンドでの土佐高校応援団の熱気溢れる応援に和し、ヒットや好守に拍手しつつ、応援し楽しんだ。何度もチャンスがあったが、得点ならず、4対0で浦和学院高に敗れた。土佐高校はきびきびした溌剌とした試合ぶりであったが、投手の与四死球が多かったのが残念であった。失点につながっただけでなく、死球は打者にけがをさせることになりかねない。制球技術を磨かなければならない。

敗れたとは言え、夢の甲子園でプレイできたのだから、選手には得るものが多かったであろう。これを機に、野球技術と心を磨いてほしい。

ブラスバンドの演奏と太鼓に合わせて歌われる校歌と応援歌の清新な熱気は、心に響いた。なぜか、涙がにじんできた。心ときめく爽やかな感動は、テレビ観戦では感じることができない。観に来てよかったと思った。整然とした浦和学院高校の応援も見事であった。

（二〇一三年三月）

4 土佐高校応援団が応援最優秀賞を受賞

春の選抜高校野球大会は、土佐高校の初戦の相手であった浦和学院高校の優勝で幕を閉じたが、土佐高校応援団は、応援の〈最優秀賞〉に輝き、閉会式場で表彰された。熱気溢れる応援、相手チームに配慮したフエアーな応援、試合終了後の相手チームに対する敬意・賞讃の態度など、高校野球の理想に適う応援が評価されたのであろう。土佐高校が私の母校と同じく〈二十一世紀枠〉で選ばれ、同じく応援の〈最優秀賞〉を受賞したことを、私はたいへん嬉しく思っている。

（二〇一三年四月）

14　〈文武両道〉について

妻に送られてくる、土佐高校の同窓会誌「向陽」に、〈文武両道〉という語がよく出てくる。〈文武両道〉とは何か、について考えてみた。

土佐中・高同窓会の『会員名簿』の〈資料集〉には、次のような記述があった。

「……維新の際薩長土と並稱せられて土佐より人材多く輩出したりしは文に武に父兄の教育気分盛にして子弟の向上心盛なりしに因らずんばあらず……」（開校記念碑・大正十二年一月　大町桂月撰・松村翠濤書）

「それ右文と尚武こそ　強者の競う栄冠ぞ」（校歌四番）

「……建学の根本精神は本校の特色として常に変わらぬところであり、学問を重んじ、礼節をたっとび、スポーツを愛する学校生活を送らしめ、人格の完成と社会に貢献できる人物の育成を期している」（教育方針）

これらの文章・歌詞と、土佐高校の進学校としての歴史と優れた実績、野球をはじめとするスポーツでの輝かしい歴史から、土佐高校の唱える〈文武両道〉の意味は理解できないわけではない。しかし、〈文武〉の〈武〉の語に少しひっかかるものがあった。

辞書で調べると、〈文武〉は、文と武・文学と武道・文事と武事・学問と武芸などと説明されている。そして用例として、平家物語の「あっぱれ文武二道の達者かなとぞ見えたりける」が挙げられている。巻第七「願書」に出ている文で、木曾義仲に仕える、能筆で文書を書く役の大夫房覚明《だいぶぼうかくめい》を讃えた文である。

現在使われている〈文武両道〉の〈武〉は、〈武道・武事・武芸〉ではなかろう。〈武〉は、雄々しい・強いことを意味する語（広辞苑）である。雄々しく闘い、強さを競うスポーツを〈武〉とし、〈文武両道〉は学問・学業の重視とともに、スポーツを通じての人間形成を重視した教育を行うこと、そして〈文〉と〈武〉に優れた成果を収めるということであろう。

高校における課外の部活動には、野球のほかに、柔道・剣道を含め〈武〉として種々のスポーツがある。また、美術・文芸・新聞・音楽・演劇などの種々の〈文〉がある。課外の部活動は豊かな人間性を創りあげるために重要であり、授業と課外活動を重視した〈文武両道〉は高校教育の理想を示すものとも言える。しかし、教育方針が〈文武両道〉であっても、着実な実践と、それによる優れた成果がなければ、高校として〈文武両道〉を唱えることはできないであろう。土佐高校は、〈文〉と〈武〉における、実践と優れた成果の歴史から、誇るべき特色として、〈文武両道〉を唱えていると思われる。

私の母校、滋賀県立彦根東高校（私は前身の旧制滋賀県立彦根中学校の卒業）の同窓会誌「金亀会報」にも〈文武両道〉が頻繁《ひんぱん》に出てくる。母校は彦根藩の藩校〈弘道館〉に源流を置く学校であり、私が在学していた頃の校門は〈弘道館〉の門であった。応援歌に「嗚呼英傑が夢のあと　歴史は遠く三百年　金亀城頭我立ちて　尚武の風にうそぶけば」の一節があるが、母校は弘道館の文武両道の精神を伝統として継承しているのだと思う。

母校は滋賀県内有数の進学校であるが、野球は土佐高校のような輝かしい実績はない。しかし何回かは甲子園出場を果たし、既述のとおり、土佐高校と同じく春の選抜野球大会に〈二十一世紀枠〉で選出され、応援の〈最優秀賞〉を受賞している。〈文〉の活動も活発で、特に新聞部は全国最優秀賞の受賞を重ね、滋賀県では三十数年連続で最優秀の知事賞を受賞している。

私は、私の母校〈彦根東高校〉と妻の母校〈土佐高校〉が、〈文武両道〉の伝統を引き継ぎ、学業と課外活動に優れた実績を収めていることを嬉しく思っている。

（二〇一四年一月）

15　米寿で初孫を授かった

平成二十六年（二〇一四年）、私は数え年で八十八歳、いわゆる〈米寿〉の年を迎えた。齢《よわい》を重ねつるかな、の思いである。高知大学医学部附属病院の第二内科・泌尿器科に三か月に一回、眼科に三週間に一回の割合で、診察を受けに行き、家で処方された錠剤をのみ、目薬をさす、という日々で、何とか無事に過ごしている。小学校から大学までともに学んだ同級生の半分以上が、既に鬼籍に入られていることを思えば、元気で米寿を迎えることができたことはまことに幸せである。

昨年、私は十五年間の〈土佐ことば〉の蒐集・調査の結果を纏めて、『土佐ことば辞典』と『土佐ことば　優れた独特の言語』を出版したが、この二著で、私は三月に〈高知出版学術賞〉を受けた。言語学を学んだことのない私の著書が〈学術賞〉という形で評価されたことは、まことに光栄であり、嬉しいことであった。

米寿を迎えて、このような喜びごとがあったが、私たち家族にとっての最高の慶事は、次男夫婦に男子が生まれたことである。私たち老夫婦にとって初孫！　長男夫婦に子供は授からなかったし、次男夫婦も、結婚して十年近くになるのに子供は授からなかったので、孫のことは諦《あきら》めていた。妊娠の知らせを受けた時、嬉しくて涙が出た。今は昔と違って、胎児の性別が分かり、男だと言う。

五月二十六日、私たち夫婦は逗留中の宇治の家を発ち、新大阪発鹿児島行きの新幹線〈さくら〉に乗り、午後三時頃、鹿児島中央駅に着いた。息子の車で産院の〈愛育病院〉に行き、妊婦を見舞った。

翌五月二十七日、おさとのお母様、東京から来てくださった妹さん、息子と私たち夫婦の五人は、〈愛育病院〉の産室前の廊下で待機し、男児の誕生を待った。

「ギャア」と聞こえる元気な産声《うぶごえ》！　生まれた！　手足を盛んに動かす元気な赤ん坊！　髪豊かに黒く、目鼻立ちのくっきりした赤ん坊！　体重は三キロ以上あるという。嬉しかった。米寿にして初孫を授かる！　なんと幸せなことか！　すくすくと元気に大きくなれ！　桜島よ、祝砲を打ってくれ！

孫が中学生になる百歳まで生きたい。健康に注意して頑張《がんば》ろう。孫の顔を覗《のぞ》きながら、私は思った。無事生まれるか、という心配・緊張、元気な赤ん坊を見ての喜びと感激で、ホテルに帰って少し疲れを感じた。私は呟《つぶや》いた。

「初孫《ういまご》や　喜び疲《つか》る　米寿《べいじゅ》かな」

（二〇一四年六月）

16　〈土佐ことば〉に魅かれて

私は一九五二年四月、初めて土佐の地を踏み、初めて土佐弁を聞いて以来、土佐弁を構成する語〈土佐ことば〉の言語としての豊かさとおもしろさに魅かれ、興味を持ち続けてきた。一九九七年六月、満七十歳の日を迎えたのを期に、一切の職を辞し、専門の〈土壌学〉にも〈お別れ〉をして、長年心に抱き続けてきた〈土佐ことば〉の蒐集・調査を楽しむことにした。

蒐集した語は、土佐の方言と言われる語が主であることは言うまでもないが、共通語であっても、土佐人の暮らしの中でいきいきとした独特の役割を果たしていると考えられる語は〈土佐ことば〉として、蒐集に加えた。

蒐集語の大部分は、私が直接耳にして採集したものと、南国市の農村地帯で生まれ育った妻美貴子に教えてもらったものであるが、新聞記事・テレビ放送から採集した語、手紙等で教えていただいた語もある。主な蒐集地は南国市を中心にした高知県中部地域で、蒐集の範囲が限られているが、十五年間に六百を超える〈土佐ことば〉を蒐集した。私は、これらの蒐集語について意・用法・語源等を調べ、自分流に学び、楽しんできた。

二〇〇六年に、私は蒐集記録に、〈土佐ことば〉について綴った幾つかの雑文を加え、『土佐ことば雑記』と称する小著を、次いで二〇〇八年に、その続編『続 土佐ことば雑記』を出版した。そして、二〇一三年、満八十五歳に達したのを期に、十五年間の〈土佐ことば〉の蒐集・調査を総括し、蒐集した語を辞典様に纏めた『土佐ことば辞典』と、〈土佐ことば〉の特徴、語源等の考察を内容とする『土佐ことば』の二著を出版した。『土佐ことば』には、〈土佐ことば〉に対する私の十五年間の蒐集・調査の結論とも言うべき、「優れた独特の言語」を副題に付けた。

『土佐ことば辞典』と『土佐ことば』の出版を、私の〈土佐ことば〉蒐集・調査の〈締め〉にするつもりであったが、その後も〈土佐ことば〉は私の心を離れず、蒐集・調査を続けた。そして、二〇一五年に『続 土佐ことば』を出版した。

1　どのようにして蒐集したか

本格的に〈土佐ことば〉の蒐集を始めるに当たって、私は「土佐ことば」と題を付けた雑記帳を用意し、採集した語を記録し、更にその語について調べた結果を記した。現在の雑記帳は第八号である。

主な蒐集場所は、通っている高知医大（現在高知大学医学部）附属病院の待合室、電車のなか、街なか、会合、近所の人との会話などで、あらゆる機会に、耳をそばだてて採集し、メモ帳に記録し、帰ってから雑記帳に記入した。旧三島村で生まれ、おばあちゃん子として、香長平野の言語環境で育った妻美貴子に教えてもらった語も多い。妻にはそれだけでなく、語の採集にも協力してもらった。私の〈土佐ことば〉蒐集・調査に関して、妻は、この上ない理解者であり協力者であり、また優れた家庭教師であった。

その他、テレビの地方番組や新聞記事から採集した語や手紙等で教えていただいた語もあるが、『高知県方言辞典』などの専門書からの採集はしていない。あくまで、自らが採集した語を〈土佐ことば〉とした。現在使われている、あるいはあまり遠くない過去において使われていた〈生活語〉である。十五年間に六百を超える〈土佐ことば〉を蒐集した。

2　どのように調べたか

語意・語源・古語とのつながり等の考察に用いた参考書等は、各著書の凡例欄に記載している。これらのうち、小学館刊の「日本方言大辞典」「古語大辞典」「日本国語大辞典」、角川書店刊「古語大辞典」、明治書院刊「謡曲大観」等は、南国市立図書館のものを利用させていただいた。その他は主として私の蔵書であるが、小学館刊「源氏物語」六巻など多くの古典は、京都の〈都メッセ〉や知恩寺などで、年四回開催されている〈古ほんまつり〉で購入して揃えたものである。

用例は、語意と生活語としての雰囲気を伝える上で極めて重要で、妻の助けを受けながら作成した。幸いに、用例は多くの方から好評を頂いている。

3　蒐集・調査で何がわかったか

〈土佐ことば〉を蒐集・調査して、〈土佐ことば〉は表現が豊かで、おもしろく、方言という括りでは括りきれない、独特の優れた言語であることを強く感じた。〈土佐ことば〉の特徴として、次のことを挙げることができよう。

① 強調語・強調表現が多い。
② 共通語では表せないような、暮らしに密着した、微妙で的確な表現の語が多い。
③ 周りのものを用いて創られたユーモアに富む喩え言葉が多い。
④ 古語あるいは古語に由来する語が日常に活きている。
⑤ 四つ仮名〈じ・ぢ・ず・づ〉（四濁音）を区別する。
⑥ 進行（継続）と完了（結果）を区別して表現する。

これらの特徴は、土佐の歴史と風土に培われた土佐人の、陽気で解放的な気質、強い自己主張の心、物事の黒白をはっきりつけ、あいまいさを嫌う気性、独特の言語感覚と優れた創語力が深く係わっていると考えられる。

4 どのような反応があったか

(1) 『土佐ことば雑記』・『続 土佐ことば雑記』（RKCプロダクション）

『土佐ことば雑記』の出版については、高知新聞が「素朴な言葉に魅せられて」という見出しで、大きく採りあげてくれた（二〇〇六年七月二十七日・加治屋隆文記者）。記事には、希望者に贈呈することを書き添えてもらった。思いのほか多くの希望者があり、約四〇〇部を希望者にお贈りした。お贈りした方から、本の内容についての感想や、〈土佐ことば〉あるいは土佐弁についての思いなどを書き添えた礼状をたくさん頂いた。十枚もの長い懇切なお手紙をくださった方もある。申し込んでくださった方は高齢の方が多いように思われたが、多くの方が〈土佐ことば〉に強い愛着を感じておられることがうかがわれた。生活語である〈土佐ことば〉が使われなくなっていくさびしさを書かれた方が多く、また丁寧《ていねい》で温かい〈土佐ことば〉が使われなくなって、雑な言葉が氾濫《はんらん》しているという嘆きを書かれている方もあった。

『続 土佐ことば雑記』については、希望者を募らず、『土佐ことば雑記』贈呈の際、手紙・葉書・電話等をくださった方にお贈りした。両著の内容について、次のような好意的な感想を頂いている。

・出版を歓迎する。
・集めた語の数の多いのに驚く。知らない語が多数ある。
・説明、用例が適切で分かり易い。
・人間に対する温かさとユーモアが感じられる。
・土佐の生活文化史と言える。
・祖父母や両親のことを懐かしく思い出した。
・挿絵がよい。夫婦の愛情が感じられる。

(2)『土佐ことば辞典』・『土佐ことば――優れた独特の言語』(南の風社)

本を希望者にお贈りするということは、たいへんな作業であり、またいろいろ思うこともあり、この両著については、書店で販売してもらうことにした。

『土佐ことば』については、高知新聞が「土佐言葉研究の集大成」という見出しで大きく採りあげ、紹介してくれた（二〇一三年九月三日・加納雅人記者）。そのおかげと思うが、二〇一三年九月の金高堂書店調べの週間ベストセラーズに、第1週10位、第2週4位、第3週3位、第4週8位になった（高知新聞）。読者から、内容を評価する嬉しい手紙を多数頂いた。また、「新聞で見た」と『土佐ことば』の好評について、お祝いの手紙や電話をたくさん頂いた。

朝日新聞が土曜日連載の〈be〉欄で、「辞書いいね！」の見出しで、『土佐ことば辞典』を採りあげてくれた。〈くつろぐ〉についての、読者の私宛の手紙の一部を採り入れた内容の、私にとっては嬉しい紹介記事であった。

また朝日新聞は、連載「四国発寄り道遍路」（徳島県三好支局・長谷川千尋記者）で、私の家への〈寄り道〉訪問の記事で、私たち夫婦の〈土佐ことば〉への取り組みを紹介してくれた（二〇一四年六月二十五日・「まっこと優しき土佐言葉」）。記事を見た多くの方から電話や手紙を頂いた。高知新聞のみならず、朝日新聞も採りあげてくれたことによって、〈土佐ことば〉に対する興味と評価の輪が広がったように思われて嬉しい。

(3)「高知出版学術賞」受賞

『土佐ことば辞典』・『土佐ことば』で、私は「高知出版学術賞」を受けた。二〇一四年三月二十六日、高知市立中央公民館で開催された表彰式で、表彰状と賞金を頂いた。言語学に関して、全く素人の私の著書が〈学術賞〉という形で公的に評価されたことは、まことに光栄で嬉しいことであった。

(4)『続 土佐ことば——独特の言語とその周辺』(南の風社)

九十に近い年齢を考え、『土佐ことば辞典』と『土佐ことば——優れた独特の言語』を、私の〈土佐ことば〉の蒐集・調査の締めにするつもりであった。しかし、両著出版後も、〈土佐ことば〉は私の心を離れず、蒐集・調査を続けた。そして二〇一五年に『続 土佐ことば——独特の言語とその周辺』を出版した。〈土佐ことば〉についてのこれまでの調査・考察を基礎に、調査の対象を言語の周辺にまで広げ、土佐独特の言語文化とこれを創りあげた土佐人の感性と優れた言語感覚・創語力をより明瞭に伝えようとした。

高知新聞は、『続 土佐ことば』を「土佐人の言語感覚分析」の見出しで、〈学芸〉欄で採りあげてくれた(二〇一五年四月一〇日・松田さやか記者)。この著に込めた私の意図を理解した、的確な解説・紹介で、私にとってたいへん嬉しいことであった。一週だけであるが、この著は、金高堂書店調べの「週間ベストセラーズ」の六位に入った。記事のおかげだと思う。

5 〈土佐ことば〉をどのように考えるか

私は滋賀県の湖北で育ち、名古屋と京都で学生生活を送った。高知大学に赴任後は、特に関西とは、仕事の面でも生活の面でも関係が深かったが、〈土佐ことば〉は、これらの地域で使われている言語と比べて、表現が豊かでユーモアに富み、味わいのある魅力的な言語であると、私は強く感じている。共通語では表せない、土佐人の暮らしに密着した微妙で的確な表現の語が多数ある。〈土佐ことば〉の一語一語をたどるだけで、土佐人の日々の暮らしが、社会や家庭におけるなまの人間関係が、土佐の風土と歴史が、いきいきと伝わってくる。まことに、魅力的な優れた言語である。

社会情勢、生活環境、人間の意識の変化に伴って、言語は変化し、使われなくなっていく言葉もあるであろう。しかし〈土佐ことば〉は、土佐人が長い歳月をかけて創り上げた、独特の優れた言語である。誇るべき独特の文化である。過去のもの、古いもの、方言だ、という感覚で扱っては、貴重な土佐の宝を自ら棄てることになるのではなかろうか。将来、土佐弁特有の〈……が〉とか〈……ぜよ〉しか残らないとしたら、まことに残念で、さびしく悲しいことである。〈土佐弁〉を構成する〈土佐ことば〉が、いかに誇るべきものであるかに、心を注いでほしい。土佐の宝〈土佐ことば〉を大切にしてほしい。

英語をはじめ外国語は、勉強して修得するものである。日本語も学ばなければならないことは言うまでもないが、少なくとも生活語は、日々の暮らしのなかで自然に身につけるものである。土佐の貴重な文化である〈土佐ことば〉を大切に思う心と、大切にする言語環境があれば、自然に身に着き、次代へも伝承されていくであろう。優れた独特の言語〈土佐ことば〉への関心と評価の輪が広がり、次代へ伝承されていくことを、私は願っている。

（二〇一五年三月）

17 自転車と私——私の日常を支えてくれた自転車

わが家はクルマを持たなかった。通勤にも、日常の生活においても、私は専ら自転車を利用した。旅先でもレンタサイクルであちこち走りまわって楽しんだ。自転車は私の日常を支える必須の乗物であり、私は自転車の愛用者であり、正《まさ》しく活用者であった。〈あった〉としたのは、左眼の緑内障で視野が狭くなり、耳も少し遠くなったので、安全を考え、満八十八の誕生日を迎えたのを期に、自転車に乗ることを完全に止めたからである。

四台の自転車——私を支えてくれた二台の中古車と二台の新車

私は昭和二十七年（一九五二年）四月、開設されて間のない高知大学農学部に赴任した。当時は、自転車は高価で、薄給の身ではなかなか買えなかった。所有者には、〈自転車税〉が課せられたという、〈公〉も〈民〉も貧しい時代であった。

農学部の近くに店らしい店はなく、日々の生活に自転車は必需品であった。私は着任の翌年に、ようやく中古の自転車を手に入れた。六五〇〇円であった。当時の私の本俸（月額）が八〇〇〇円ぐらいであったから、中古とはいえ自転車は高価であった。この自転車が壊れ、中古に買い換えた。これも壊れ、昭和四十八年（一九七三年）に新車を買った。ブリヂストン製の頑丈な実用車である。四万円であった。その時の私の身分は教授、本俸（月額）は約十二万円であった。葉書が一〇円、封書が二〇円の時代である。

昭和四十四年（一九六九年）、南国市篠原に自宅を新築し、農学部構内の官舎から移った。私は、第二号の中古車で、次いでブリヂストン製の新車で、荷台にブリキ製蓋付きの特注の箱を付け、弁当と書籍・文具等を入れた鞄を入れ、農学部に通勤した。

ブリヂストン製の自転車は、平成十五年（二〇〇三年）に廃棄した。私に三十年も付き合い日常を支えてくれた自転車で、愛惜の気持ちを強くもったが、故障が多くなって、思い切って手放した。

平成三年（一九九一年）三月、農学部庶務係の皆さんが、私の停年退職のお祝いに自転車を贈ってくださった。退職後は、この自転車とブリヂストン製の自転車を併用していたが、ブリヂストン製車廃棄後は、頂いた自転車に乗り続けた。この自転車も、二十数年、私の日常を支えてくれたことになる。

自転車通勤――雨にも風にも負けず二十二年

私は、篠原の自宅から、停年退職の平成三年（一九九一年）三月末まで、雨の日も風の日も、冬の寒い日も、夏の暑い日も、実に二十二年、専ら自転車で農学部に通勤した。交通量の多い国道やバイパスを避け、〈介良《けら》通り〉や里道・農道などを利用した。水田やハウスの傍を、稲や作物の生育状態を観察しながらペダルを踏んだ。関《せき》・田村《たむら》・茨西《ばらにし》の集落を通り、

雨にも負けず（1990年）

行ってきます（1985年）

長い間お世話になりました
（第三号車とのお別れ・2003年）

農学部の北西の入口からセンダン並木を抜けて研究室に通った。
片道の距離は約七キロ、所要時間は二十五分。通勤日数を年三百日とすると、二十二年間で、実に九万二千四百キロ、地球を約二回、回ったことになる。頑張《がんば》って乗り続けたわけではない。健康維持のために通勤に自転車を利用したわけでもない。便利な手軽な乗物として愛用したにすぎないが、停年退職した時、二十二年間の無事故の自転車通勤を振り返り、私は大きな仕事を一つ成し遂げたような満足感を覚えた。

自転車の荷台にブリキ製の大きな箱を載せて通勤する私を、小学生が〈カンカンのおんちゃん〉と呼んでくれた。笑顔で「カンカンのおんちゃん、おはよう」と挨拶してくれて嬉しかったこと、帰途、急に激しい雷雨に見舞われて近くの農協の集荷場に飛び込んで避難したこと、二・三月の寒い時期、学生の卒業論文指導などで帰りが特に遅くなり、暗闇の中、強い西北の寒風を受けながらペダルを漕いで家路を急いだことなど、自転車通勤の懐かしい思い出は尽きることがない。

土壌の調査と試料採取に——自転車を研究活動にも活用

私は高知大学農学部勤務中、専門とする〈土壌〉の調査や試料採取にも自転車を活用した。クルマの入れない所も自転車は入れるし、クルマのように駐車場所についての心配がない。観察しながら乗り続けられるし、どこでも自由に停めて、細かく観察したり試料の採取ができる。私の主な研究テーマは、土佐で〈音地〉と呼ばれている火山灰土壌の特性、ハウス栽培下の土壌における作物養分の動態等に関する化学的研究であるが、農学部あるいは自宅から自転車で行ける範囲で、調査も試料採取も充分できた。幡多地方などへの遠隔地への土壌調査や試料採取は、公共交通機関を利用して出張し、その地の県農業改良普及所や農協などの協力を得て行うので、クルマは必要としない。このように自転車は通勤だけでなく、研究活動にも活用した。

散歩――自転車での子供との触れ合い

休日には、子供が幼い頃は自転車に乗せて、小学生になってからは、それぞれの自転車であちこち遠出をして楽しんだ。わが家では、この自転車による遠出を〈散歩〉と呼んでいた。

「散歩に行かん？」「行こう」とどちらともなく言い出して、時には妻も誘って、〈散歩〉に出かけた。好きなコースは、篠原の自宅から里改田《さとかいだ》を通り十市《とおち》のなだらかな丘陵地帯を抜けて海岸に至るコース、後免から陣山《じんのやま》・久礼田《くれだ》を経て新改川《しんがいがわ》沿いを上るコース、国分《こくぶ》から八京《やきょう》・白木谷《しらきだに》に至るコース、物部川沿いを杉田ダムまで上るコースなどである。数時間の〈散歩〉を楽しんだが、子供との触れ合いという点でも、〈散歩〉は最高のものであったように思われる。

農学部官舎に住んでいたときも、幼い長男を乗せてあちこち〈散歩〉に出掛けた。前浜の海岸に行ったとき、たまたま地引き網が引かれていて、漁師さんが子供に「ほら、ほら、ほら」と網からとってピチピチの魚をたくさんくださり、親子で大喜びしたこと、弁当を作ってもらって土佐山田の種畜場（現　鏡野公園）へ花見遊山《ゆさん》に行ったことなど、五十年近く前のことであるが、〈散歩〉は親子の懐かしい思い出になっている。

京都で——停年退職後の一年を古都で楽しむ

次男は、京大北門の傍の〈紫苑荘〉というアパートに下宿して大学に通っていたが、平成三年（一九九一年）春に下宿を替わった。私が高知大学を停年退職したときである。契約更新までにあと一年あったこともあり、私たちは、息子の借りていた〈紫苑荘〉の部屋を引き続き平成四年一月まで借りた。そして此処を基地にして、妻と自転車で京都市内の神社や寺院などを訪ね、また滋賀・奈良・大阪などへ小旅行をして楽しんだ。職務に解放された、停年退職後の一年を京都で暮らし、楽しんだのである。

妻は、息子が大学入学時に買った中古の自転車を、私は、息子の鹿児島出身の友人が卒業のとき置いていってくれたという〈鶴丸高〉のプレートの付いた軽快車を利用した。二人で毎日のように出掛けた。

白川通りを北へ進み宝池公園に、さらにトンネルを抜けて深泥《みどろ》ケ池へ、同じコースで、宝池から私が京大在学中下宿していた岩倉の大雲寺周辺へ、鴨川沿いを北に進み上賀茂神社へ。西へは、仁和寺・妙心寺・大覚寺等に参り、嵯峨野の〈散歩〉を楽しんだ。南へは、蹴上発電所周辺まで遠出した。

法然院の河上肇夫妻のお墓や若王子墓地の新島襄のお墓にもお参りした。楽美術館を訪ね、楽焼の名品を観賞したことも忘れられない〈散歩〉の一つである。

当時の京都は、今のように道が混んでいなかったように思う。心ゆくばかり古都のあちこちへ〈散歩〉して、停年後の一年を楽しんだ。

宇治で——持ち家を基地にして

平成四年（一九九二年）、弟が持っていた宇治市伊勢田町の小さな家を譲ってもらった。次男はこの家に移り、大学へ通い、私たちもこの家に時々滞在し、ここを基地にして〈散歩〉や小旅行を楽しんだ。

高知職業能力開発短期大学校に勤めた三年間を除き、毎年数回、この家に数週間滞在した。ここから、宇治の平等院・宇治上神社・萬福寺・三室戸寺《みむろどじ》などの寺・神社に参り、また宇治川沿いの道を上り天瀬《あまがせ》ダムまで、木津川堤防を走り〈ながれ橋〉までなど、夫婦で存分に〈散歩〉を楽しんだ。市内の所々にイタドリの群生地があり、食材採集を兼ねて〈散歩〉に出掛けたこともある。

京都へは、私が生まれた伏見区深草の周辺、伏見桃山御陵、九条の城南宮周辺まで遠出し、また醍醐寺にもお参りした。醍醐寺には、門前に自転車を置いて、下醍醐寺に参詣し、さらに険しい山の参道を上醍醐寺まで上った。京都で最も古いという国宝の五重塔、お堂での多数のお坊さんによる厳かに響く読経、見事なしだれ桜、優美で荘厳な伽藍《がらん》など、印象深かった。

思えば、当時は夫婦とも足腰が丈夫であった。自転車に乗り続けたことで、足腰が鍛えられたのかもしれない。

湖北で——懐かしい地を訪ねる

私の故郷は滋賀県の湖北、伊香郡木之本町《きのもと》、現在の長浜市木之本町である。また、わが家のルーツは、琵琶湖岸に近い東浅井郡竹生村安養寺《あんようじ》、現在の長浜市安養寺町である。

木之本へは、JRで京都から一時間余りで行けるので、宇治の家を基地にして、日帰りで湖北への小旅行を楽しんだ。

湖北の各駅にレンタサイクルがあり、返還は借りた駅でなくても他の駅でもよいということになっているので、たいへん便利である。妻とともに、レンタサイクルで、湖北の懐かしい地をあちこち訪ねて楽しんだ。

長浜駅前から琵琶湖岸に出て、湖の風景や野鳥の群れを観て楽しみ、安養寺の吉川家の墓に参り、湖畔の〈みずべの里〉で買い物をしたりして木之本へ。木之本駅で下車し、〈北国街道〉を通って北に、坂口・余呉《よご》・中之郷《なかのごう》へ。余呉駅で下車し、羽衣《はごろも》伝説で知られる余呉湖を一周し、〈北国街道〉を通って木之本へ。木之本駅で下車し、南に、〈雨森芳洲庵〉のある雨森や紅葉で有名な〈鶏足寺〉などへ。塩津駅で下車し、湖岸の旧道を通り、竹生島が間近に浮かぶ奥琵琶湖や湖岸の景色を楽しみ、賤ヶ岳《しずがたけ》隧道を抜けて木之本へ。

土佐生まれ育ちの妻に、土地土地の説明をしたり、懐かしい思い出を語ったりして、湖北での〈散歩〉を楽しんだ。私たちに声をかけてくれる、素朴で心温かい人々との触れ合いも忘れることができない。

旅先で——レンタサイクルで旅を楽しむ

高知大学を停年退職したのち、私たち夫婦は、海外旅行はしなかったが、北海道から沖縄まで全国各地に旅行をして楽しんだ。観光会社等によるツアーを利用したこともあるが、殆どは、妻がJRの時刻表や観光案内で調べ、また観光地の市役所やバス会社などへ問い合わせたりして旅の計画を立てた。旅先ではできるだけ路線バスやレンタサイクルを利用し、わが家流の旅を楽しんだ。

レンタサイクルでの旅先での〈散歩〉で、印象深く心に残り、夫婦でしばしば話題に上る所を幾つか挙げる。

〈滋賀県信楽《しがらき》〉

JR草津線貴生川《きぶかわ》駅で信楽高原鉄道に乗り替えた。車窓から赤松の混じる新緑の高原の風景を楽しみ、信楽駅で下車。レンタサイクルで〈陶芸の森〉へ。〈陶芸館〉で開催されていた「画家たちのやきもの」展で、ブラック・コクト・デュフィ・シャガール・ミロ・ピカソ・ブラマンクらのすばらしい陶芸作品を観賞した。その中で、ピカソの作品に特に心魅かれた。（一九九七年）

〈北海道留萌《るもい》・秋田県角館《かくのだて》〉

北陸・東北・北海道への六泊七日のJR〈フルムーン旅行〉の際、留萌では〈黄金海岸〉を回り、北海道の海を観て楽しんだ。角館では武家屋敷を見学し、見事に咲く古・巨木のしだれ桜を楽しみ、〈角館樺細工伝承館〉で桜の樹皮を使った〈カバ細工〉の製作実演・

製品の展示を見学した。記念に〈茶筒〉を買った。（二〇〇五年）

〈山口県萩〉

萩城跡・武家屋敷・明倫館跡・松下村塾・松陰神社などを訪ねた。また萩市郊外の藍場川沿いの桂太郎旧宅を訪ねた。観光客が訪れる街中の屋敷群と違った、閑静な佇《たたず》まいであった。庭園の池は藍場川につながり、大きな鯉とともに鮎などの小魚の群れが泳いでいた。管理の人がお茶を出してくださり、旧宅を巡るお話をうかがった。（二〇〇五年）

〈大分県日田《ひた》〉

熊本での親戚の結婚式に出席したのち、路線バスをつないで日田へ。レンタサイクルで小鹿田《おんた》古陶館を訪ねた。素朴で美しく、モダンさも感じられる小鹿田焼《おんたやき》の名品を観賞し、記念に〈箸置き〉を買った。（二〇〇七年）

〈高島市朽木《くつき》〉

JR湖西線安曇川《あどがわ》駅で下車し、バスで朽木へ。レンタサイクルで曹洞宗興聖寺（本尊　釈迦如来像・国重要文化財）に参り、旧秀隣寺庭園（室町時代）を観賞した。〈鯖街道〉を通り、朽木陣屋跡を訪ねた。また安曇川堤防から附近を眺望して楽しんだ。（二〇一〇年）

自転車と私——六十余年を顧みて

高知大学農学部着任の翌年、一九五三年から満八十八歳に達した二〇一五年まで、実に六十余年、私は四台の自転車をつないで、通勤に、研究活動に、買い物などの日常の雑用に、楽しみに、自転車を利用した。妻も専ら自転車利用で、わが家は正《まさ》しく〈自転車愛用族〉であった。現在、二人の息子はクルマに乗っているが、乗り始めは、二人とも、就職してから約十年後であり、それまでは自転車であった。子供たちは、クルマに乗らないわが家の生活になじんで、あるいは親の生き方に共鳴し、敬意を抱いて、自分たちもできるだけクルマに乗らないようにしようと思っていたようである。私はこのことをたいへん嬉しく思っている。

古・新の四台の自転車を買ったが、その費用はクルマに比べれば、問題にならない額である。燃料は要らないし、タイヤ・チューブの交換・パンク直し、機体の修理などに金を使ったが、その額は少ない。クルマのように廃ガスを出さないから、環境汚染とは無関係である。

ペダルを踏む自転車乗りは、健康の維持にも役立ったように思う。クルマの通る道はできるだけ避けて乗り、また山や海への〈散歩〉は、清浄な空気を吸い、気分を爽快にさせる点でも心身の健康のためによかったと思う。

自転車に乗り続けた六十余年を顧みるとき、いろいろなことが思い出され、感慨深いものがある。自転車を愛用し、乗り続けたことは、急がずゆっくりと、一歩ずつ着実に前に進む、時に休むもよし、という私の生活信条にも合致した生き方であったとも言える。この思いで私は、自転車愛用の人生に納得し、満足し、誇りのようなものを感じているのである。

（二〇一六年四月）

18　孫に会いに鹿児島へ

孫が、この五月に満二歳の誕生日を迎えた。妻美貴子が感染症などで長期入院したこともあり、私たちは自重して鹿児島行きを控えていたが、体調を整え、今秋、二人で孫に会いに鹿児島へ行った。

孫の成長過程――母親のメールから

母親が〈携帯〉のメールで、毎月二・三回、写真を添えて孫の様子を知らせてくれる。また、時々ＤＶＤを作って送ってくれる。両親の愛情に包まれ、すくすくと元気に育っている様子がうかがわれ、たいへん嬉しい。左記は、今年の一月からのメールの要約である。両親と、また保育園で先生や友だちと触れ合うなかで、また何にでも興味をもって、体の成長とともに、心や知的な面も日に日に成長していく過程がうかがわれる。喜びとともに、成長のめざましさに感動を覚える。

一月　・「お父さん」「お母さん」らしい言葉を言うようになった。箒と塵取りをもって掃除の真似をする。
・雪の降る景色をうれしそうに見る。

二月
・何をするにも「イヤ!」ということから始まる。気に入らないと大声で泣く。
・コンテナを運ぶフォークリフトや入港する桜島フェリーを興味津々で観る(鹿児島港)。
・語を重ねて言えるようになった。歌を歌うようになった。お気に入りは「カエルのうた」と「キラキラ星」。
・投げるのがおもしろくなって何でも投げる。

三月
・〈鹿児島マラソン〉で、ヘリコプターが何機も飛んだ。「きた!」「ヘリコプターいっぱい!」と指差す。観衆の「がんばれ」を聞いて「がんばれ」と言う。
・数字を憶え、目に付いたら大きな声で数字を言う。また△を見つけて「さんかく!」と言う。
・「アンパンマン」の〈バイキンマン〉が大のお気に入り。

四月
・保育園の送り迎えの途中などで、突然「大きいブンブン!」や「小さいちょうちょ!」と言い出す。大きな声で「ぶんぶんぶんハチが飛ぶ」、小さな声で「ちょうちょ」と歌ってやると、一緒に楽しく歌う。

五月
・動物が少し分かるようになった。指差しながら楽しそうに観る(動物園)。ハンドルをくるくる回すのが大好き(公園)。

六月
・清掃車・ミキサー車が通ると、「せいそうしゃ!」「みきさーしゃ!」と言う。話す言葉が増えた。
・満2歳。身長85cm・体重13kg。
・馬の写真を見て「おうまの親子は仲良しこよし……」、「おもちゃで遊ぶよ」と言うと「おもちゃのチャッチャチャチャ……」と歌い出す。歌詞をずいぶんはっきりと歌えるようになった。「あいうえお」「かきくけこ」が言えるようになった。

七月
・雷雨があった。激しい稲光と雷鳴で泣き出した。
・タオルなどを一つずつ運んで洗濯機に入れ、お手伝いをする。誉めると嬉しそうにする。
・自衛隊の演奏、和太鼓の演奏を緊張した表情で真剣に見る。
・水族館で職員にジンベイザメの折り紙を頂いた。水槽のジンベイザメを見て、「いっしょ!いっしょ!」と言って喜ぶ。

八月
・プールへ連れて行った。「チャプチャプ!」と喜んでいたが、急に気が変わり公園の滑り台へ。「ポッポ！ポッポ！」と言ってハトに近づく。
・保育園で色々な事を憶えてくる。「考える顔して」と言うと、上目遣いで、考えている顔つきをする。振りを付けて歌を歌う。
・窓を開けたら「ムシムシ！モウオシマイ！」と言う。「暑いから窓を閉めて」の意。

九月
・保育園で避難訓練があり、口と鼻をふさいで避難することを習った。後日、家で本の中の消防車を見て、「火事の時はこうするの」と言って、口と鼻を塞いだ。二歳の子の記憶力と、火事と消防車の関係が分かっていることに驚いた。
・新幹線の本が大好き。新幹線を見に鹿児島中央駅へ連れて行った。「つばめ！」「はやいね！」と喜び、楽しそうに見る。〈つばめ〉の運転士さんから新幹線のシールをいただいて大喜び。
・「給食やおやつの時間を楽しみにしています。いつも好き嫌いなく残さずに食べています。小さなお手てを合わせて『いただきます』『ごちそうさま』の挨拶が上手にできます」（敬老の日・保育園からのメッセージ）

十月
・贈っていただいた絵本を喜んで見ている。トラックが大好き。「おばあちゃんの手紙！」と、頂いた手紙をヒラヒラさせながら、部屋の中を走り回った。
・市バスに幼児の手形を押すイベントがあり、連れて行った。手形を押し、「ペタペタした！ペタペタした！」と大喜び。

鹿児島へ――孫と遊ぶ

孫の通っている保育園の運動会が十月二十二日に開催される。私たちは二十日に高知を発ち、四泊五日の予定で鹿児島を訪ねた。幼児中心の家族の生活を乱さないようにしたい、嫁も働いているのでできるだけ負担をかけないようにしたい、との思いで、私たちは鹿児島中央駅近くのホテルに宿泊し、ホテルから孫に会いに行った。

おみやげは、妻が、孫の名前を刺繍した赤・青のTシャツ二枚、スケッチブック二冊とボールペン（全色）、乗物と動物の図鑑五冊であるが、スケッチブック・ボールペン・図鑑は、鹿児島で揃えた。保育園を見学した後、嫁に付いて来てもらい、親としての希望や意見を聞いて選んだ。

〈保育園へ〉

嫁は一年の〈産休〉後、子供を〈ルンビニ保育園〉に入れた。西本願寺につながる社会福祉法人経営の保育園で、〈ルンビニ〉は釈迦の生誕地名である。

二十一日、私たちは保育園を訪ねた。十人余りの幼児が室内で遊んでいたが、私たちが窓の傍に近づくと、おもちゃ・ぬいぐるみ・ボールなどをもってきて、私たちにてんでに話しかけ、はしゃいだ。わが孫は、その後ろで何も言わずに緊張気味で立っていた。呼び掛けても、先生に手を引かれて窓の傍に近づいても、同じであった。時間が大分経ってから、熊のぬいぐるみをもってきて私に手渡してくれたが、何も言わなかった。〈人見知り〉は、わが家の伝統ではあるが、少し心配になった。

〈孫と遊ぶ〉

運動会は雨のため翌日に延期になり、私たちは息子らのマンションを訪ねた。孫は、初めは緊張している様子で、呼び掛けても、笑顔を見せず、声も出さず、といった状態であった。しかし、おもちゃを中心に話しかけているうちに、打ち解けてきて、話し、笑い、部屋の中を走り回りだした。「おじいちゃん・おばあちゃん」と盛んに呼びかけ、はしゃいで私たちと遊んだ。保育園で習ってくるのであろう。次のような知的な?遊びもした。長めのおもちゃを私たちの口もとにもってくる。マイクのつもりである。「お名前はなんですか?」と問いかける。こちらの問いかけにも、きちんと答える。

考えている顔を得意になってする。腕を組み、視線を宙に浮かしたようなポーズで、「かんがえちゅう!」と言う。

「おじいちゃん・おばあちゃん、なにしてる?」

美貴子「かんがえちゅう!」(孫と同じ考える格好《かっこう》をして)

このようなやり取りを、孫は大きな声を挙げて喜び、はしゃいだ。二歳五ヶ月の児が、言葉のやり取りをして、ふざけたり遊んだりすることに驚いた。

スケッチブックのおみやげは大成功であった。銀色のペンが大好きのようで、これで〈まる〉を描く。紙面を突っつくようにして〈点〉を描く。他の色のペンを私たちに渡し、「おじいちゃんかいて」と言う。丸と三角しか描けない、絵の不得手なおじいちゃんは大困りで、おばあちゃんにバトンタッチ。知らない物の注文もあり、〈カレーパンまん〉の注文には、絵の得意なおばあちゃんも困った。おばあちゃんは、おじいちゃん・乗物・果物などを次々に描いた。〈さくらんぼ〉を線描きしただけで、孫は即座に「さくらんぼ!」と言い当て、私たちを驚かし、喜ばせた。

私は、紙面に手を、次いで足をのせさせて、ペンで縁取りした。

義一「かわいい足!」　孫「ちがう。足の裏!」

図鑑は五冊買ったが、母親は一冊だけ出して見せた。あちこち開いて、車や動物の名前を次々言う。飛行機・ヘリコプター・救急車・消防車・清掃車・ショベルカー・ミキサー車・クレーン車など。飛行機の絵を見て、大きく手を広げ「おおきい！」と叫ぶように言う。動物も指でさし押さえて次々名前を言ったが、サルとオランウータンを言い分けた。不思議そうな顔をして私のはげ頭に何回も触った。好奇心の表れだと、皆で大笑いした。

〈高速船ターミナルへ〉

二十三日も雨で、運動会はさらに延期になったので、皆で種子島・屋久島航路の「高速船ターミナル」へ行った。孫は出入港する高速船を目を凝らして見ていた。雨が激しく降って桜島は全く見えなかったが、少し小止みになって姿を現した。「さくらじまが見えた！」。孫の言葉に私たちは驚いた。マンションの部屋の窓から桜島は正面に見える。父や母に抱かれながら、毎日のように桜島を眺め、孫の心に桜島は強く印象づけられているのであろう。わが孫は正《まさ》しく鹿児島の子！

ターミナルには、〈クロネコヤマト〉の車が着いて、旅行者の鞄・トランクなどを次々下ろした。職員がコロコロとトランクを押して室内へ運び入れた。車のマークを見て「くろねこ！」。

美貴子「お荷物、皆おろしたね」。孫「まだ一つある」。ダンボール一箱が確かに残っていた。真剣に見ていたことに驚いた。

ターミナルでは私に抵抗なく抱っこされて船を見た。手を繋いで歩いた。おじいちゃん・おばあちゃんにとって、たいへん嬉しいことであった。ターミナルからマンションに戻った。美貴子はターミナルの売店で〈アンパンまん・バイキンまん・ドキンちゃん〉の絵をそれぞれ描いたボールを買った。孫は大喜びでおじいちゃんとボール遊びをした。また、おばあちゃんとスケッチブックで絵を描いて遊んだ。

孫は食欲旺盛で、よく食べる。「おさかな！」、「おしる！」などと母親に注文する。昼食で、母親は〈茶碗蒸し〉の卵の部分を匙《さじ》ですくい食べさせた。おいしかったとみえて「おとうふ！」と言って、さらに催促した。「おいしいね」と言うと、「おいしい！」と叫ぶように言う。

昼食後ホテルに帰った。翌日、往きとは逆に、新幹線〈さくら〉・土讃線特急〈南風〉とつないで、南国のわが家に帰った。今回の鹿児島行きは、孫と遊べて、私たちにとって楽しく嬉しい旅であった。もう少し大きくなったら、美良布《びらふ》の〈アンパンマンミュージアム〉へ連れていってやりたい。

（二〇一六年十月）

19　旧三島村の歴史を刻む四基の石碑――高知龍馬空港周辺

旧三島村――戦争の波に呑まれて解村・消滅した村

高知県中部、物部《ものべ》川下流の西に位置し、南は土佐湾に接して、三島村《みしまむら》という村があった。太平洋戦争のとき、海軍航空隊用地として村の七割の土地を国に接収され、解村・消滅した村である。

昭和二十年（一九四五年）八月十五日、戦争は終って日本海軍は消滅したが、三島村が復活することはなかった。接収地跡は現在、高知龍馬空港・高知大学農学部・高知工業高等専門学校の用地である。

三島村は、明治二十二年（一八八九年）、物部《ものべ》・久枝《ひさえだ》・下島《しもじま》の三村の合併によって生まれた。村の八割を水田が占める、水稲二期作を主にした農村であった。村の中央を秋田《あきた》川が貫流し、大字久枝には、高さ二八・二メートル、周回約五〇〇メートルの室岡《むろおか》山があった。久枝山とも言われ、また大地震の際の津波襲来や物部川氾濫《はんらん》による大洪水の際の村民の避難場所で、命山《いのちやま》・寶山《たからやま》、また山の形から丸山とも言われた。明治四十一・二年（一九〇八・〇九年）刊の「大日本帝国陸地測量部・二万分の一地形図」（高知県立図書館蔵）には、室岡山は〈命山〉の名称で出ている。

室岡山は、国による接収後破壊されて平地化され、飛行場建設のための埋め立て材料となって姿を消した。秋田川も埋め立てられ、航空隊用地の外縁に沿って、新秋田川が造られた。

妻美貴子の実家〈枝常家〉は三島村大字久枝にあった。枝常家は代々この地に住み、美貴子もこの地で生まれた。国による接収で、枝常家がこの地を退去したのは、現在八十歳の美貴子が五歳のときであった。私は接収地跡に設置された高知大学農学部に三十九年間勤務した。私も三島村に縁がある。

現在の高知龍馬空港の用地内と、その周辺に、戦争の波に呑まれ消滅した三島村とその後の歴史を刻む石碑が、四基建立されている。私はこれらの記念碑を妻とともに、ときに子供や縁者を誘って訪ね、碑文を読み、関係する資料を参照して、三島村消滅とその後の歴史を辿《たど》った。

三島尋常高等小学校跡記念碑——三島の子らの学びの場

妻は、接収後に統合された日章国民学校に入学したが、妻の両親や叔母は、三島尋常高等小学校に通い、尋常科を卒業している。小学校は枝常家の北で、歩いて数分の所にあった。

現在の高知龍馬空港滑走路の北の道路脇に、〈三島尋常高等小学校跡記念碑〉が建立されている。記念碑に刻まれた文を次に示す。消滅した故郷、母校への、卒業生の深い思いが伝わってくる。

三島尋常高等小学校跡記念碑

〈碑　文〉

かつてここに旧香美郡に属した三島村尋常高等小学校があった
村は豊かな大地と黒潮の幸に恵まれ　村民は子弟の教育にも力を
注ぎ　文化の香りある県下の優良村として栄えた
一九四一年第二次世界大戦遂行のため　国はこの地に海軍航空
隊飛行場設置を決め　学校を含む村の七割の土地を接収した　村
民は一片の反対の意思表示も許されず　故郷をはなれ　村は田村
立田村と統合して日章村となり　学校は日章国民学校となる
戦後半世紀を経て　滑走路は高知空港として拡張を重ね　高知
県の玄関として飛躍し　兵営跡は高知大農学部　高知高専となり
若人の学究の場として大きく変貌した
二十一世紀の扉が開かれようとする今　かつてこの郷で学んだ
三島の子らが　学校の所在地を明確にし　消滅に到った歴史を後
世に伝えるために　この記念碑を建立する
一九九九年十一月吉日　　学校跡の碑建立委員会

村誌によると、明治二十一年（一八八八年）に、久枝《ひさえだ》・下島《しもじま》・物部《ものべ》の三村組合立久枝小学校が開校し、明治二十二年（一八八九年）に、三島村発足に伴い村立三島小学校に、明治四十五年（一九一二年）に村立三島尋常高等小学校になった。そして、昭和十六年（一九四一年）に三島国民学校と改称された。海軍航空隊用地としての接収により、昭和十七年（一九四二年）、三島国民学校は閉校となった。

『旧三島村の昔と今』に掲載されている卒業写真で数えると、昭和十三年（一九三八年）三月卒業者は、尋常科四十七名（男二十四・女二十三）、高等科三十四名（男十二・女二十二）、計八十一名、昭和十四年三月卒業者は、尋常科六十一名（男三十一・女三十）、高等科二十九名（男十六・女十二）、計九十名である。閉校時には、尋常科・高等科、合わせて四百名前後の生徒が学んでいたと考えられる。三島尋常高等小学校の校歌を次に示す。記念碑の裏面にも校歌が刻まれている。歌詞から当時の穏やかな農村集落の様子がうかがわれる。

三島尋常高等小学校校歌（作詞　田村豊崇・作曲　島村一郎・ト調　4／4）

1　黒潮叫ぶ　南海の　磯は荒いそ　潮育ち
　太平洋の　気をおいて　我等　村の子　三島の子

2　三百有余　わが友の　学びの道に　いそしめば
　香南の野に　花咲かん　我等　村の子　三島の子

3　南風かほる　三島野に　鋤鍬にぎる　父母の
　生まれしこの地　我が郷土　我等　土の子　三島の子

4　ここに生まれし　我等は　常に望を向に見
　やがて力の　ある限り　この村　三島の名を上げん

三島神社碑――接収地内の神社を遷座・合祀

〈碑　文〉

昭和十六年海軍飛行場建設の為　現在の空港地内久枝山に鎮座していた久枝八幡宮　下島里に鎮座していた十八所神社と　同地区内に点在していた諸社を移転し　当時の村名三島を神社名として合祀する

平成十一年十月吉日

三島神社碑

碑文にあるように、国による土地接収の際、接収地内にあった八幡宮・十八所神社と幾つかの小社は、接収を免れた村の南部、土佐湾岸に近い久枝字西浜（現　南国市久枝字西浜）に遷座し、〈三島神社〉として合祀された。

八幡宮は大字久枝の氏神で、室岡山の中腹にあった。祭神は応神《おうじん》天皇と神功《じんぐう》皇后。十八所神社は、大字下島の氏神で、祭神は十八所大明神。〈十八所〉は「天照　八幡　多賀　加茂　祇園　春日　松尾　北野　白山　日吉　弁財天　白鬚　摩利支天　平野　蛭子　愛宕」で、それぞれに神名を付して祀られていた。なお、大字物部の氏神は、物部川の東、現在の香南《こうなん》市野市《のいち》町上岡《かみおか》の上岡山《かみおかやま》に鎮座する八幡宮で、祭神は応神天皇と神功皇后。上岡地区は、かつては三島村大字物部の一部であった。

三島神社の境内には、鳥居が三基ある。また参道には、社殿の新・改築や境内の整備などの際の寄進者の名と寄進額を刻んだ古い石柱が多数建てられている。村の鎮守とし崇められ、大切に守られてきた歴史が感じられる。

鳥居の一基は、妻の祖父枝常檮吉《ゆすきち》が大正十四年（一九二四年）に八幡宮に寄進したもので、柱に「奉献　世界平和祈」と、枝常檮吉と家族の名が刻まれている。また参道に並ぶ石柱の中に祖父の名を刻んだ柱が二つある。刻字から三島村時代の枝常家の歴史もうかがうことができる。

鎮魂　高知海軍航空隊之碑――殉国の若き戦士の慰霊碑

高知龍馬空港滑走路の南の道路脇に「鎮魂　高知海軍航空隊之碑」と刻した慰霊碑が建立されている。碑文を次に示す。

鎮魂　海軍航空隊之碑

〈碑　文〉

太平洋戦争が熾烈を極めた昭和十九年三月　日本海軍は偵察要員育成の急務に迫られ　この地に高知海軍航空隊を開設した　未曾有の国難に殉ぜんと二千有余の隊員は日夜猛訓練に励み　訓練を終えた若鷲達は順次決戦の大空へと飛び立って行った　この間襲来する敵機との対空戦闘や訓練中の事故等で多くの隊員が犠牲となり　無念の涙を呑むという痛ましい事態もあった　然るに戦局は好転の兆しを見せず　遂に最後の手段とも言ふべき一機一艦体当りによる特別攻撃が決行されるに至り　二十年三月「神風特別攻撃隊菊水部隊白菊隊」が編成され　訓練用として使用していた機上作業練習機「白菊」が　次々とこの滑走路より飛び立ち　南九州鹿屋特攻基地から沖縄戦に参加した　二十年五月より六月にわたる四次の攻撃で　二十六機五十二名の隊員が敵艦船に壮烈なる体当りを敢行し　多大の戦果を挙げたるも　惜しいかな僅か一七、八歳の少年飛行兵を含む若く尊い生命が　沖縄の空に散華した　二十年八月太平洋戦争終結と共に　僅か一年六ヶ月をもって高知海軍航空隊は解隊され　数々の悲話を秘めた短くも悲しいその歴史を閉じたのである　今嘗ての同志この地に相寄り往事を偲び　再びこの悲劇を繰り返すことなく　永遠の平和を誓いながら　碑に鎮魂の文字を刻み　殉国の友の御冥福を祈る

昭和六十二年五月二十四日　　高知海軍航空隊元隊員有志

三島村の接収地に滑走路と格納庫・兵舎等が造成・建造され、昭和十九年（一九四四年）三月、「高知海軍航空隊」が設置された。〈豫科練〉と呼ばれた「海軍飛行豫科練習生」の卒業生のうち、偵察搭乗要員を養成する航空隊で、入隊者は「海軍飛行術偵察専修練習生」、略して〈飛練〉と呼ばれた。

配置された航空機は、偵察搭乗員教育用の〈白菊《しらぎく》〉である。基地は何回か米機の空襲を受けたが、戦闘機は配置されていなかったので、空中迎撃はできなかった。

戦局の緊迫化に伴い、〈飛練〉の訓練は停止され、昭和二十年（一九四五年）三月、高知海軍航空隊は実戦航空隊に編入された。四月、沖縄戦が始まり、五月から練習機〈白菊〉は、特別攻撃機として鹿児島県鹿屋《かのや》基地から沖縄に出撃した。「特別攻撃隊菊水部隊白菊隊」である。碑に刻まれているように、特別攻撃により〈白菊〉二十六機と隊員五十二名の命が失われた。

その頃、翼を上下に動かしながら、日章村上空を何回も旋回して飛び立った飛行機を村民が見ている。特攻基地鹿屋に向う戦士たちの別れの挨拶であったにちがいない。壮烈に敵艦めがけて突入し、国に殉じて散華した若き命を思うと、まことに痛ましく悲しい。涙を止めることができない。

開拓記念碑——時代の変化に翻弄された旧三島村の歴史

敗戦によって消滅した高知海軍航空隊の跡地は、現在、高知龍馬空港・高知大学農学部・高知工業高等専門学校の用地であるが、当初、滑走路・エプロン、高知大学農学部用地を除く土地が旧三島村民に還元された。「農地改革」の方針にそって元の所有者・耕作者に配分され、開墾して畑地化され、その後、利水工事等の行政の援助も受けて水田化された。この事業に〈日章開拓農業協同組合〉が大きな役割を果たした。しかし、高知空港の拡張の過程で、また高知工業高等専門学校設立に伴い、復元された水田の殆どが空港や学校の用地として買収され、再び姿を消した。日章開拓農業協同組合は解散し、高知龍馬空港に沿う道路縁に「開拓記念碑」が建立された。碑文（西内四郎氏　撰並書）を次に示す。碑文に、時代の変化に翻弄された旧三島村の歴史が集約されている。

〈碑　文〉

この地は明治二十二年七月　物部久枝下島三村が相寄って誕生し香美郡に属した元の三島の里である　沃土は農を興し　黒潮に恵まれて　文化の香り高く県下屈指の優良村となって栄えた　秋田川の流れは老若に憩を授け　鎮守室岡山は白鳳から明治にわたる数多い津波洪水に村人避難の神域となり　命山と呼んで信を集めた　第二次世界大戦の予兆濃い昭和十六年早々　日本海軍はここに航空基地を建設す　総面積二一八四反を接収　二六三戸一五〇〇余の住民ら急遽退去を命ぜらる　人々互に別れを惜しみ父祖の霊位を抱き慌しく村を去る　翌十七年日章村発足となる時を経ずして破れて戦は終り　接収土地の還元を見る　縁りの者らは組合をつくり　失った古里再興に祈りをこめ　汗にまみれ苦難を越えて　只管開拓の鍬をとる　退去を免がれ残された寸土を守り続けた者達も　一つの思いに力をあわせた　しかるにすでに国県は八五九反を高知大学空港用地と決定し　われら農民の全土

開拓記念碑

払下への悲願を断つ　続いて工専が開設され　さらには今次空港の再拡張となり　開拓の面影は潰え去るに至った　思えば半世紀の流れには抗し難し　古里再び旧に還らぬ　いまはただ来る世の礎石になりせめて学究の若者達の開ける道と県土夜明けの空の道にならんことを　茲に組合を閉ざすに当り　後世のため碑を建て沿革の大略を誌す

昭和六十三年三月　　日章開拓農業協同組合

高知龍馬空港とその周辺にある四基の石碑の建立地を訪ね、碑文を読み、時代の波に翻弄《ほんろう》され、故郷を失った旧三島村民の深い思いについて考えた。また海軍航空隊員慰霊碑の前で、国に殉じた若人に涙しつつ鎮魂の祈りを捧げた。戦争は庶民の平和な暮らしと尊い命を容赦なく奪う。戦争は絶対にしてはならないの思いを深く重く心に抱いて、この文を綴った。

（二〇一七年二月）

〈参考文献〉

南国市史編纂委員会　編『南国市史 下巻』（一九八二年）
南国市史編纂委員会　編『南国市史資料 旧村誌編(2)』（一九八七年）
山中弁幸『旧三島村の昔と今』（一九八三年）
高知県『高知空港史』（一九八四年）

20　九十の歳を迎えて

私は、六月に誕生日を迎え九十歳になった。病院通いはしているが、大きな病気を抱えているわけではなく、日々穏やかに元気に過ごしている。小学校から大学まで、ともに学んだ同級生の半分以上が既に鬼籍に入られていることを思えば、まことに幸せなことである。〈丈夫で長持ち〉の体に産み、育ててくれた母と、私の健康に細やかに心を配り、日常生活を支えてくれている妻のおかげと、感謝している。

私は、七十の歳を迎えた一九九七年から、長年興味を持ち続けてきた〈土佐ことば〉の蒐集に取り組んだ。そして、蒐集した語の意・用法・語源等を調べ、学び楽しんできた。八十歳からは、この楽しみに加えて雑文を綴ることを始め、十年経った。顧みれば、日々楽しかったし、充実感があった。

九十歳の誕生日には、長男夫婦、次男夫婦から、「おめでとう」とお祝いの電話をもらった。「体に気を付けて、お二人で元気に長生きしてください。お父さんの書き物も楽しみにしています」と、子供たちは励ましの言葉も贈ってくれた。嬉しかった。幸福感に浸った。

昨年出版された佐藤愛子氏の『九十歳。何がめでたい』(小学館)が好評で、全国的によく売れているようである。高知県でも、県内書店による週間ベストセラーズ表（高知新聞）に、連続して載っており、著者や出版社にとって、たいへん〈めでたい〉ことになっている。
私は、九十の歳を迎えて、〈何がめでたい〉というような思いは全くない。元気で九十の歳を迎えられたことを、たいへん幸せに思っているし、「おめでとう」と祝ってもらって、〈九十歳〉到達を素直に〈めでたい〉ことと思っている。お祝いや励ましを言ってくれた子供たちに感謝し、励ましに応えられように、健康に気をつけて、妻ともども長生きしなければと心を引き締めている。

私には、〈土佐ことば〉の蒐集・調査や雑文綴り、読書など、したいこと、し足りないと思っていることがたくさんあるが、これとともに、長生きしたい、別の大きな理由がある。米寿で授かった、唯一人の孫の成長を見たいのである。九十三歳まで生きれば、孫の小学校入学に、九十九歳まで生きれば、中学校入学に会える。百二歳まで生きれば、高校入学に、百五歳まで生きれば、大学入学に会える。「勉強は何が好き？」「友だちは？」「将来の志望は？」「おじいちゃんは……だったよ」などと、孫と触れ合い、話し合う機会をできるだけ長く多く持ちたいのである。この願望は、妻も同じであろう。孫と触れ合う喜びと楽しみを享受するには、心身ともに健康で、長生きしなければならない。私の目下の目標は〈元気で百歳〉である。

（二〇一七年六月）

第二部　旅の記録

懐かしい思い出の地を訪ねて

　私は妻と小旅行して思い出の地を訪ね、その地で懐かしい思い出に浸り、また妻と思ったこと、感じたことなどを話し合って楽しんだ。

　美しい自然に心癒された。新しい発見があった。学んだことも多く、心満たされた有意義な旅であった。

　私たちに声をかけてくださった素朴で心温かい人など、旅先で出会った人々との触れ合いも忘れることができない。

思い出の地MAP

滋賀県
湖北地方
長浜市
米原市

1・3・5・6・7・8編

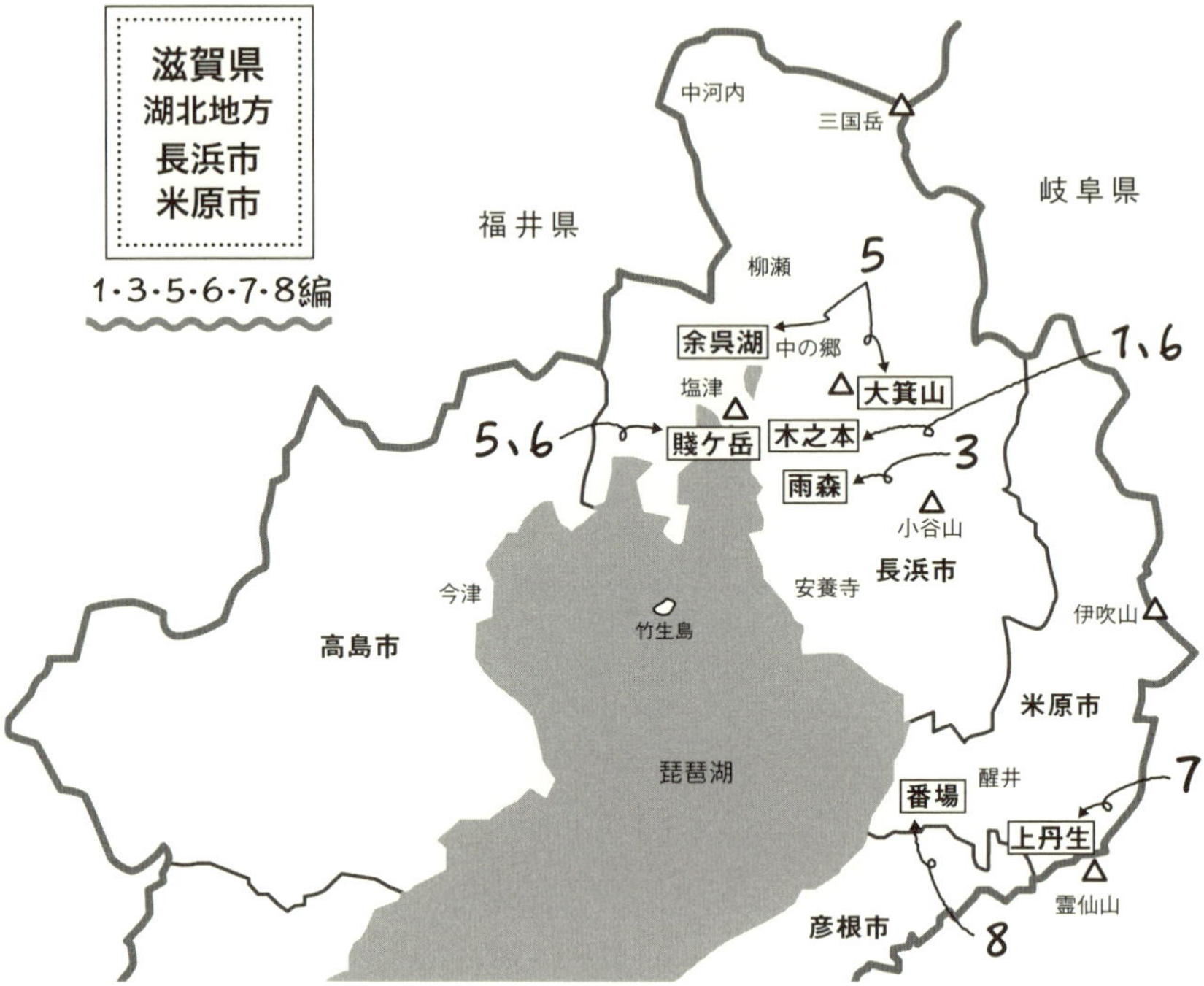

群馬県
中之条町

2・4編

1　木之本のお地蔵さん
――地蔵縁日に郷里木之本へ

木之本のお地蔵さん

私の郷里は滋賀県の湖北、伊香《いか》郡木之本《きのもと》町木之本（現在　長浜市木之本町木之本）である。賤ケ岳《しずがたけ》の合戦の際、羽柴秀吉が本陣を置いたことで知られる田上山《たがみやま》の麓に、〈北国街道〉沿いに開けた旧宿場町である。

街の中心部に、南北に走る〈北国街道〉に面して浄信寺《じょうしんじ》という時宗《じしゅう》の大きなお寺がある。ご本尊は、仁治三年（八八七年）の銘のある木造地蔵菩薩像（重要文化財）で、境内にはご本尊を写したと言われる、高さ五・五メートルの地蔵菩薩の銅像がある。明治二十七年（一八九四年）に建立され、材料の銅は信者が供出した銅鏡であるという。「木之本のお地蔵さん」と呼ばれて、崇められ、親しまれている。

太平洋戦争中のことであるが、軍用資材として金属類を供出しなければならなかったことがあった。〈お地蔵さん〉も供出の候補になったが、郡内のお寺が宗派に関係なく協力し、銅像に代わる物として、各寺の蝋燭立てなどの金属仏具を積極的に多量供出して、〈お地蔵さん〉を供出から護ったと聞いている。

子供の頃、浄信寺の広い境内は私たちの遊び場であり、夏はカブトムシやコガネムシの採集の場であった。小学校は寺の裏の位置にあり、私たちは通学路を通らずに、寺の境内を抜けて学校へ行き、帰りも境内を抜けて帰った。境内に深い井戸が二つあった。私たちは学校の帰りや遊びの帰りに、釣瓶《つるべ》で冷たい水を汲み上げ、釣瓶に口を付けて飲んだ。

わが家は浄信寺の檀家ではなかったが、小学校三年生のとき、寺が檀家の子供を対象にして開いていた〈日曜学校〉に入れてもらい、六年生のときは生徒長にしてもらった。浄信寺を巡っての幼・少年時代の思い出は多い。

八月二十三日から三日間が〈地蔵縁日〉で、多くの参詣者がある。私が子供の頃は、境内には露店が出て賑わい、また寺から木之本駅に至る〈神領通り〉（現在は〈地蔵通り〉と呼ばれている）には、炭火で〈でんがく〉を焼いて、売っている店が何軒もあり、香ばしい匂いが辺りに漂い、客で賑わっていた。

この八月、私たちは宇治の家で過ごしたが、〈地蔵縁日〉のことを懐かしく思い出し、長男夫婦も誘って、八月二十四日、木之本を訪ね、浄信寺に参詣した。寺の境内だけでなく、地蔵通りと浄信寺前の大通り（北国街道）には露店が並び、たいへんな賑わいであった。〈でんがく〉を売っている店は見当たらなかった。

本堂に参詣し、次いで〈お地蔵さん〉にお参りした。戦争中に軍用資材として供出候補になったという〈お地蔵さん〉の受難、子供の頃よく見た、何かを唱えながら〈お地蔵さん〉の周りを回り、一心に何かを祈願しておられた信者の方々の姿、それをまねて〈お地蔵さん〉の周りを回って遊んだことなど、いろいろと思い出しながら、私は手を合わせ、〈お地蔵さん〉のお顔をじっと拝した。なんと慈悲深く、おだやかなお顔であることか。お顔を拝しているだけで、心が和み安らぐ。カメラ係の妻に〈お地蔵さん〉のお写真を撮ってもらった。

幾つかの部屋の襖をとり払った寺の広間で、お茶を頂いた。広間の一角に、明治天皇が巡幸の際お泊まりになった、一段と床の高い部屋があった。広間から廊下に出て、片桐且元の築庭と言われている庭園を観賞した。次いで境内の奥にある阿弥陀堂にお参りした。ここが日曜学校の教場であった。日曜学校は、お坊さんに合わせて読経することから始まる。生徒長は、お坊さんの傍で木魚と鐘を叩く役をする。当時のことを懐かしく思い出しながら、お参りした。

次いで、木之本のもう一つの大きなお寺、蓮如上人ゆかりの浄土真宗・明楽寺《みょうらくじ》にお参りした。それから暫く妻と露店の並ぶ大通りを散策したが、別れて私は一人で、木之本の街をあちこちと歩き回った。浄信寺周辺や大通りは別にして、街中は静かで人通りも少なかった。道の両側の家の表札などを見ながら、郷里の人々を偲び、往時を思い出し、懐かしく、楽しいひと時を過ごした。

私は南国のわが家に帰ってから、妻が撮ってくれた〈お地蔵さん〉のお写真を書斎に飾り、慈愛に満ちた〈お地蔵さん〉のお顔を毎日拝している。

（二〇〇九年八月）

2 終戦の日を迎えた群馬県中之条町を訪ねる

太平洋戦争中である。昭和二十年（一九四五年）二月、私は陸軍豫科士官学校に入校した（注）。十七歳であった。米機による本土空襲が激しくなり、同年八月、私たちは急遽、埼玉県朝霞《あさか》の本校から群馬県の中之条《なかのじょう》と新鹿沢《しんかざわ》に〈長期野営演習〉の名目で疎開した。私の属した第一中隊の疎開先は、中之条の沢田国民学校であった。しかし、到着して四日後に終戦となった。陸軍豫科士官学校は廃校となり、私たちは八月末に中之条を発ち、それぞれの郷里に帰った。

当時のことで、私は朝霞の本校よりも、一月にも満たぬ短期間の滞在であったにもかかわらず、疎開先の中之条の方がずっと懐かしく思い出されるのである。一度訪ねたいと思いながら果たせずにいたが、群馬の中之条から長野の白樺湖・車山高原・諏訪湖を回る二泊三日の旅行を計画し、六月初め、妻と六十五年ぶりに中之条を訪ねた。

東京から新幹線〈あさま〉で高崎へ。高崎で吾妻《あがつま》線に乗り換えて中之条に着いた。沢田小学校へはハイヤーで行った。疎開したときは、中之条駅前から学校まで完全軍装で隊列を組んで行進したので、同じ道を歩いて行きたかったが、時間の関係と妻が膝を痛めてい

四万川（天然橋）より

るので、やむなくハイヤーにしたのである。

駅付近の商店街を抜けると、道路（国道三五三線）は四万《しま》川に沿って緩やかに登り、駅から数キロの所で分岐する。そのまま直進すると四万川沿いに開けた四万温泉で、分岐した道路（県道　中之条－草津線）の先は沢渡《さわたり》温泉、さらに先は草津温泉である。

四万川流域の温泉は、古くから薬効が高いことで知られており、四万種の病に効くということから、〈四万〉という名が付けられたという。

道路の分岐点は四万川に接しており、橋を渡った所に、県道に接し、山を背にしてやや小高い位置に目的の沢田小学校があった。

当時の校舎は木造二階建てであったが、モダンな鉄筋コンクリートの三階建てに替わっていた。校舎前の校庭も拡張され、きれいに整備されていた。土曜日で門は閉ざされていて、中へは入れなかった。四万川に架かる橋も立派な橋に替わっていた。〈天然橋〉と刻まれており、傍らに「平成二年三月完成」と刻んだ石碑があった。周りに人影はなかった。

この学校に滞在したのは、今から六十五年も前である。校舎や橋は替わっているが、緑に包まれた静かな山あい、深い四万川の渓谷、清流は、私の心に刻まれているものと変わりはなかった。そのままだ！　懐かしさが込み上げてきた。校門の前に立ち、また橋から遥か下に流れる四万川の清流を見ながら、往時を偲んだ。

校庭の端に接し、四万川に沿って小道があったが、そこから崖のような険しい坂を下り、川で水浴をしたことがあった。狭いが川原があって、水から揚がって体を干しながら、そこで気の合った同じ区隊の生徒と暫しの語らいの時間をもった。静かな山里に疎開し、終戦で、厳しい教育訓練や毎夜の防空壕への退避など、心身に全く余裕のなかった生活から解放され、暫しの安らぎの時間を楽しんだのであろう。当時の記憶は薄れているが、四万川で水浴したことは鮮明に憶えている。

橋から覗くと、両岸の鬱蒼とした樹木の茂みに挟まれて、遥か下に大きな岩石の間を水が流れている。やや広く水の深そうな所が見える。水浴した所であろう。小石の川原らしい所も見える。水から揚がって皆と話し合ったのはあそこだ。敗戦の原因について、軍人の卵らしいまじめな議論をしたのであろうか。復員後の生き方について語り合ったのであろうか。

短い期間であったが、将校生徒としての厳しい教育訓練を共にした同じ区隊の七十五名の生徒は、八月末にこの学校から復員し、それぞれの新しい道を歩み進んだ。あれから実に六十五年。当時十七、八歳の少年も、今や八十歳を越える老人になった。同じ区隊の同期生のうち約三分の一は、既にこの世の人ではない。中隊長であった日高靖可氏は健在で

沢田小学校

あるが、直接指導を受けた区隊長の土肥勲氏はこの五月に逝去された。

健康で、妻とともにこの地を訪ねることができた幸せをしみじみと感じた。長年思い続けて果たせなかった、人生の宿題の一つをし終えたような気持ちで、深い感慨に浸りつつ、私は妻と沢田小学校を後にした。

路線バスで中之条駅に戻った。道路の周辺にリンゴなどの果樹園がたくさんあった。リンゴ直売の看板も幾つか見た。新潟県に接する群馬県北部の町〈中之条〉は、温泉と、リンゴ・ブドウ・モモ・ナシ等の果樹栽培を主にした農業の町のようだ。

注　二月初めに仮入校。四月一日に入校式が挙行され、正式に陸軍豫科士官学校生徒となった。

（二〇一〇年六月）

〈追記〉　日高靖可氏は二〇一二年六月、逝去された。ご冥福をお祈りする。

3 雨森を訪ねる――「雨森芳洲庵」見学など

雨森芳洲庵

私の郷里、滋賀県伊香郡木之本町（現在 長浜市木之本町）の近くに、雨森《あめのもり》という村落がある。私が子供の頃は、伊香郡北富永《とみなが》村雨森であったが、その後、伊香郡高月町雨森に、現在は長浜市高月町雨森である。

雨森は、江戸中期の儒学者で対馬藩宗氏に仕え、朝鮮との外交・通商・文化交流に大きな功績を挙げ、最近にわかに評価が高まっている雨森芳洲《あめのもりほうしゅう》の出身地である。

生家跡は「芳洲書院」として残されていたが、現在は、芳洲の遺徳を顕彰するとともに、東アジアの国々との文化交流の拠点となることをめざして、「東アジア交流ハウス 雨森芳洲庵」として整備されている。著書や文献等が収蔵され、遺品等の展示もされている。

小学校の下級生の頃に、〈遠足〉で芳洲書院を見学したことがあった。書院の中庭で引率の先生から、芳洲先生は優れた学者であったが、八十歳を越えても学問に精進された、というお話があった。子供心に深い感銘を受けたのであろう。七十数年も前のことであるが、先生の話を憶えている。

十数年前、親戚の行事で帰郷した際に、雨森芳洲庵を訪ねているが、もう一度、時間をかけて見学し、芳洲先生の遺徳に触れたいと思い続けてきた。今秋、ようやくその思いを実現することができた。私は予め雨森芳洲に関する著書を読んで、芳洲の生い立ち・学問と思想・業績等を学習し、十一月十一日、妻と雨森への小旅行をして雨森芳洲庵を訪ねた。

〈雨森〉との係わり

〈雨森との縁〉

私の祖父（養子）は雨森のO家の出、母方祖母は雨森のT家の出で、現在親戚付き合いはしていないが、雨森には縁者がかなり居るはずである。小学校の恩師で雨森芳洲庵の館長を務められた吉田達先生（一九八七年逝去）、雨森芳洲とのつながりが深いと考えられる雨森で医院を開いている雨森氏も、遠い縁続きであると、父から聞いた憶えがある。

先に記したように、中国との戦争が始まって、農産物が〈振興団〉（注）に入らなくなってから、父は縁者の居る雨森で農家から水田を借り、田畑輪換方式で野菜を反単位で栽培し、生産物を販売してわが家の生活を支えた。私は日曜日や休日に、夏休みもほとんど毎日、畑に通って父の仕事を手伝った。収穫物を家までリヤカーで運んだりもした。雨森は、私にとって懐かしい所である。

注　滋賀県立伊香農学校の教員と卒業生で組織されていた「農村振興団」の農産物販売斡旋所。通称〈振興団〉。父は〈振興団〉に販売主任として勤務していた（第一部に記述）。

〈雨森への道〉

木之本は〈北国街道〉沿いに開けた旧宿場町であるが、街の南で〈北国街道〉から〈北国脇往還〉が分岐する。参勤交代の北陸の諸大名は、〈北国街道〉で木之本宿まで来て、〈北国脇往還〉に入り、関ヶ原を経て江戸に向かった。雨森は、この〈北国脇往還〉沿いにある。

私は北陸大名と同じ道、〈北国街道〉から〈北国脇往還〉に入り、〈北国脇往還〉沿いの田部《たべ》・持寺《もってら》・井口《いのくち》の諸村落を抜けて雨森の畑に通った。わが家から雨森の畑まで約四キロあった。これらの道もまた懐かしい。

レンタサイクルで雨森へ――雨森芳洲庵とその周辺

私は妻と二〇一〇年秋、京都からJR琵琶湖線に乗り、木之本駅で下車し、レンタサイクルで〈北国街道〉・〈北国脇往還〉を通って雨森を訪ねた。私の子供の頃と比べると、道路の舗装、部分的な道幅の拡張、道路沿いの水田地帯の一部の宅地化などの変化が見られたが、畑へ通った道を殆どそのまま辿ることができた。

〈井口・日吉神社〉

途中、井口で道に接して鎮座している〈日吉神社〉に参拝し、境内のベンチで昼食をとった。日吉神社は、中世の富永《とみなが》荘の総鎮守であった由緒ある神社である。神社本殿は少し変わった造りで、説明板に、入母屋《いりもや》造り、葭《よし》葺き、外観内部とも仏堂風の形を採用、元文三年（一七三八年）再建、県指定有形文化財、とあった。

広い境内に二本並びの欅《けやき》（幹周り／四・三メートル、三・六メートル）、銀杏《いちょう》、杉などの大木が聳え立ち、銀杏の葉は黄に色づき、モミジは紅に色づき始めて美しかった。境内はひっそりと静かで、爽やかな風が通って快かった。

道を挟んで日吉神社の西隣に富永小学校があるが、ここは戦国大名浅井長政の重臣井口弾正の屋敷跡で、道路脇に「井口弾正邸趾」の石碑があった。因みに浅井長政の生母は、弾正の姉で、浅井三姉妹、茶々・初・江の祖母である。小谷落城のとき捕えられ、信長に惨殺されたという痛ましい話が伝わっている。

〈雨森・雨森芳洲庵〉

井口を抜けると雨森である。集落の道路に沿う川には澄んだ水が豊かに流れ、大きな鯉が悠々と泳ぎ、所々に水車が設けられ、川縁には花の鉢植えが並べられていた。美しく環境整備された閑静な村落である。

標柱の矢印に従って進み、雨森芳洲庵に着いた。雨森芳洲庵はやや小高く垣に囲まれ、欅の大木が聳え、門前には「史跡雨森芳洲書院」の石碑が建っていた。

庵内の展示室で、芳洲の著書の原本や写本、「芳洲訓言」の書、書状、申維翰（朝鮮通信使製述官）から贈られた頭巾などの遺品、朝鮮通信使関係の資料、芳洲と朝鮮通信使に関する日韓の研究者の著書・文献などの展示品を見学した。また、上田正昭京大名誉教授による解説ビデオ、地元と韓国との交流のビデオを視聴した。芳洲先生に少し近づくことができたような気持ちになった。

歴代館長の写真が掲げられており、恩師の吉田達先生の写真があった。館長さんから次

雨森芳洲庵

のようなお話をうかがった。

吉田館長は芳洲の資料整理や遺徳顕彰に熱心に取り組まれた。芳洲を讃える詞を入れた富永小学校の校歌も作詞作曲され、雨森と芳洲をとりあげたＮＨＫのテレビ番組にも出演された。芳洲の精神を熱く語られた吉田館長のお姿とお言葉は、視聴者に強い感動を与えたようである。埼玉県の、韓国・北朝鮮との交流に熱心に取り組んでおられる市民団体〈埼玉・コリア21〉の方が放送後すぐに来館され、これを機にこの団体との親密な交流が始まった。

江戸時代に川越（武蔵国・埼玉県）の祭りで、朝鮮通信使行列を模した〈唐人揃い〉という〈練り〉が行われていたようである。川越は朝鮮通信使一行の通り道ではないが、朝鮮通信使一行の馬上才（曲馬）を観るのをたいへん好んだという三代将軍家光に縁のある土地で、このような行事が行われるようになったと考えられる。

二〇〇五年に、川越ではこの行事を〈多文化共生・国際交流パレード〉として再興し、第六回パレードがこの十一月十四日に実施される。〈埼玉・コリア21〉から、パレードの先頭に〈雨森芳洲〉を立てたい、その役に、雨森芳洲の精神を伝えようと熱心に取り組んでおられる雨森からお招きしたい、と言ってこられた。それで、私が参加することになった。

私はここで、〈芳洲会〉発行の雨森芳洲の著書『交隣提醒』『多波礼具佐』『治要管見・朝鮮風俗考』と平井茂彦氏（現館長）著の『雨森芳洲』（二〇一〇年）を購入した。展示品を見学し、芳洲先生の遺徳に触れただけでなく、読みたいと思っていた著書を手に入れ、また館長さんから恩師の吉田達先生のお話をうかがうことができて嬉しかった。

今回の旅では、吉田先生のお墓にお参りすることを計画していた。館長さんが調べてくださったが、墓地はかなり離れた山にあり、距離的に、時間的に、また膝を痛めている妻と一緒では無理と思われたので断念した。吉田家に電話してあげようと、館長さんはおっしゃってくださったが、急な訪問はご迷惑と考えて辞退した。心の中で先生にご挨拶をし、親切に応対し貴重なお話をしてくださった館長さんにお礼を申し上げて、私たちは雨森芳洲庵をあとにした。

雨森の集落を南に抜けた道脇で、〈一里塚〉跡と言われる所に井戸がある。昔、〈北国脇往還〉を行き来した旅人は、この井戸の水を汲んで喉を潤したのではなかろうか。傍に欅の巨木があったが、昭和四十年代に枯れてしまったようで、太い切り株が残っていた。この井戸は私にとって、薬缶《やかん》を提げて畑から水を汲みにきた懐かしい思い出の井戸である。妻に井戸を背景に写真を撮ってもらった。

一帯に鳥が多いのに驚かされた。畑で丹精込めて作った父自慢のスイカを、収穫直前に鳥に次々突つかれて商品にならず、父と怒り嘆いたことを思い出した。

〈北国脇往還〉は雨森を南に抜け、高時川《たかとき》（注）を越え、馬毛《まけ》に入る。高時川は水嵩が少ないときは徒歩で、多いときは舟が出たようである。現在は、その位置より数百メートル

高時川堤防で

下流に〈阿弥陀《あみだ》橋〉という立派な橋が架かっている。
　私たちは、高時川堤防の少し紅葉した桜並木の道をサイクリングして楽しみ、さらに阿弥陀橋を渡って馬毛の集落内をまわったのち、往きと同じ道を木之本駅に引き返した。快晴であったし、楽しく有意義な旅であった。

注　琵琶湖に注ぐ〈姉川〉の支流。〈妹川〉とも呼ばれている。

（二〇一〇年十一月）

4　群馬県中之条町を再び訪ねる

昭和二十年（一九四五年）、太平洋戦争の最中《さなか》である。私は陸軍豫科士官学校の生徒であった。米軍による沖縄占領、激しい空襲、広島・長崎への原子爆弾投下、ソ連軍の満州国侵入等、戦局は極度に緊迫化し、〈本土決戦〉が叫ばれていた。その中で、私たち第六十一期生は同年八月、一部を朝霞の本校に残し、〈長期野営演習〉の名目で疎開した。私の属した第一中隊の疎開先は群馬県吾妻《あがつま》郡沢田《さわだ》村（現　中之条《なかのじょう》町沢田）の沢田国民学校であった。しかし、この学校に落ち着いて四日後に戦争は終わった。陸軍豫科士官学校は廃校となり、生徒は八月末にそれぞれの故郷に復員した。六十六年も前のことである。

一月にも満たぬ短い期間の滞在ではあったが、解放感に浸りながらも、将来への不安と希望の交錯した複雑な心境で過ごした沢田国民学校は、私にとって忘れることのできない所である。

昨年六月、私は妻と群馬から長野へ回る旅をして、六十五年ぶりに中之条を訪ねた。沢田小学校周辺を散策し、往時を懐かしく偲んだ。一度訪ねたいという宿願をやっと果たして、私は嬉しく、そして満足した。しかし日が経つにつれ、もっと詳しく観てくるべきだった、当時のことを知っている人がいるにちがいない、訪ねて聞くべきだった、などと後悔の気持ちが勃々《ぼつぼつ》と湧いてきた。

十月下旬に私は妻と、前回とは逆に長野から群馬へ回る旅をして、再び中之条を訪ねた。宇治の家を出発し、東京から長野新幹線で軽井沢へ。軽井沢から路線バスに乗り、草津温泉までの約三時間、車窓から高原の風景を観て楽しんだ。白樺が混じる紅葉の雑木林はまことにすばらしかった。草津温泉に着き、湯畑の前のホテルに宿泊。翌日、バス・JRをつないで、中之条駅に着いた。バスに乗り沢田小学校前で下車した。

校門は閉まっていた。前回と同じように、校舎を背景に校門の前で妻に写真をとってもらった。下級生であろう。校庭では体育の授業が行われていた。

校庭の端に接し四万川《しま》に沿って小道がある。疎開時、この小道から渓谷の険しい坂を下り、四万川で水浴をした。この小道を歩いて同じ区隊の何人かと農家の手伝いに行った。懐かしい道である。妻に往時の思い出を語りつつ、この小道を上流に向かって歩いた。門の位置からは見えなかったが、三階の校舎の後ろに立派な校舎と体育館があった。かなり規模の大きい小学校である。雪掻き用と思われるスコップが置いてあった。冬はこの地方も雪が積もるのであろう。

校地を抜けると農家が散在し、畑があった。畑の土は黒かった。黒ボク(腐植質火山灰土壌)である。どの農家に手伝いに行ったのか、どんな仕事をしたのか、まして畑の土の色のことなど、全く憶えていない。三～四メートル幅の道に出た。道脇で畑仕事をしていた女性に、「昔のことならあの方に聞けばよい」と教えてもらった。少し離れた所で、手押し車に寄りかかり、畑仕事をしている男性のお年寄りと話をしているおばあさんである。このおばあさんに事情を話して当時の事をお聞きした。

おばあさんは自分や家族の自慢話ばかりして、私が聞いたことについては殆ど答えてくださらなかったが、男性のお年寄りは、当時、沢田国民学校の上級生であったということで、当時のことをいろいろと話してくださった。

第一中隊には皇族の東久邇宮俊彦《ひがしくにのみやとしひこ》王がおられた。生徒の間ではお互いに〈貴様《きさま》〉と呼び合っていたが、俊彦王に対しては〈殿下《でんか》〉とお呼びしていた。私たち第一中隊は、八月十一日、中之条駅で下車し、中之条国民学校で隊列を整え、沢田国民学校に向かって行進した。中隊長日高靖可少佐と俊彦王は乗馬で先頭であった。

「東久邇宮俊彦殿下御訓育手簿」が残されている。八月十一日の項に次の記録がある。（陸士六十一期生会・一九八五年発行『最後の将校生徒』）

〇九三〇頃　「吾妻地方事務所長　正七位勲六等福島武壽　群馬県警部原町警察署長　正七位勲六等星野守治　中之條町長 木暮壽雄　中之條国民学校長 従七位黒澤幸蔵　御賜謁」

一〇〇〇頃　「中之條出発　御乗馬ニテ沿道敬禮スル村民ニ一々優渥ナル御會釋ヲ賜リツツ　一二〇〇頃　澤田国民学校ニ御到着」

村民や国民学校生徒が歓迎に動員されたのではなかろうか。国民学校上級生であったというこのお年寄りは、殿下の乗馬姿を憶えておられた。深々とお辞儀をしていたのでお顔を拝することはできなかったと、その時の思い出を話してくださった。

学校に接して小高い丘があるが、御真山《ごしんやま》と呼ばれ、頂上に天皇皇后両陛下の御真影を納めた奉安殿があった。当時の校舎は建て替えられ、現在の校舎の位置は昔と少し違っている。四万川は、今は上流にダムができて水量が少なくなっているが、当時は水量が豊かで水泳をした。などなど、当時の話をいろいろとしてくださった。

前回も今回も、私は門の前で校舎を背景に妻に写真をとってもらったが、この門は、当時の正門の位置にあるが、裏門であることがわかった。

妻と御真山に登った。公園のように整備されていた。御真山と道を挟んで沢田小学校があった。モダンな立派な校舎である。給食室と思われる広い部屋の建物もあった。

学校周辺を散策したのち、部落内の道を約二十分歩き、四万川に架かる橋を渡り国道に出た。この橋は、沢田小学校の近くに架かる〈天然橋〉の一つ上流の橋である。橋から眺めた四万川の清流はすばらしかった。遥か下に、大きな岩石の間を抜って清冽な水が勢いよく流れていた。妻としばらく眺めて楽しんだ。

国道沿いに「はこちゃん饅頭」という看板を出した店がある。昨年来たときも、この店で饅頭《まんじゅう》を買ったが、今回もこの店で饅頭を買った。私の好きなツブあんの田舎饅頭である。店におばあさんが居られたので、昔のことをうかがった。お茶を出してくださり、しばらく話をした。

おばあさんのお名前は〈はるこ〉、「はこちゃん饅頭」の〈はこちゃん〉はおばあさんの愛称、店に居た青年はお孫さんで、饅頭作りの後継者だという。この青年は次のような話をしてくれた。

私が小学校に通ったのは古い校舎の頃である。現在の校舎は今から二十年ほど前に建て替えられたもので、位置は前の校舎と少し違っている。正門があった所は、今は裏門になっている。国道は、旧道よりも山側につけられた新しい道である。小学校の頃は旧道で走り回ってよく遊んだ。旧道は途切れているが、所々に残っている。

沢田国民学校へは、川沿いの道を行進したように記憶している。昨年当地に来たとき、往きはハイヤーを、中之条駅への帰りはバスを利用したが、疎開した時に行進した道はこんな道じゃなかったと疑問に思いつつ通ったのであるが、青年の話で納得がいった。私たちは、川の近くの旧道を行進したのだ。

ここを辞し、国道沿いのJAスーパーに寄り買物をした。店員が、ここから五分ぐらいの所にJA直営の地産品売店があると教えてくれた。しかし、歩けども歩けども売店は見えず、結局約五十分歩いてようやく売店に辿り着いた。店員が教えてくれた五分は車で五分のことだった。

所々に旧道の跡があった。国道からそこへ下りて写真をとった。歩かずにバスに乗っていたら旧道の跡は見ずにすんだであろう。歩いたからこそ旧道の跡が見つかったのだ。そう思ってJAスーパーの店員に対する怒りの気持ちを鎮めた。

JA売店でリンゴなどの買い物をしたのち、売店前からバスで中之条駅へ。中之条から特急・新幹線で高崎・東京を経て宇治に帰った。高原の秋を楽しめただけでなく、疎開時のこと、沢田小学校のことなど、多くのことを聞くことができて、楽しく心満たされた旅であった。

（二〇一一年十月）

5　菅山寺に参る——菅原道真ゆかりの湖北の古刹《こさつ》

〈余呉《よご》・菅山寺《かんざんじ》〉

滋賀県伊香郡余呉町（現　長浜市余呉町）は、福井県と岐阜県に接する、滋賀県最北の町である。大部分が山地で、豪雪地帯として知られている。町の南部に、琵琶湖と同じ第三紀の陥没湖で、羽衣《はごろも》伝説で知られる周約六キロの余呉湖がある。余呉湖と琵琶湖の境の山は、古戦場として有名な賤ヶ岳《しずがたけ》である。余呉町の南に接する町が私の故郷、伊香郡木之本町（現在長浜市木之本町）である。

余呉町の東部を南北に連なる伊吹山系の一山、大箕山《おおみやま》（五三三メートル）の一角に〈菅山寺〉という真言宗の寺がある。天平宝字八年（七六四年）、奈良の高僧照檀上人によって創建され、寛平元年（八八九年）、菅原道真によって再興されたという由緒ある寺である。〈龍頭山大箕寺《りゅうとうざんだいきじ》〉と称されたが、後に〈大箕山菅山寺《だいきざんかんざんじ》〉に改められたという。今は寂《さび》れ無住の寺であるが、嘗《かつ》ては「楼門をはじめ如法經堂三院四十九坊が輪奐の美を競った」という（角川日本地名大辞典・滋賀県）。後嵯峨天皇の后陰明院が当山に下向して景家殿に住み、詩歌を詠み、仏門に帰依し、寛元元年（一二四三年）、この地で亡くなられたと伝えられている。

当寺中興の専暁上人は文永年間（一二六四〜七五年）に宋に渡り、宋版一切経七千余巻を携え帰山した。この一切経は如法経堂に納められていたが、徳川家康の強い要請を受け、徳川家菩提寺の江戸芝の増上寺に納められた。この一切経は現在、国宝に指定されている。

現存する菅山寺の建物は、全て江戸時代の建造物という。天正十年（一五八二年）の大地震、賤ケ岳《しずがたけ》の合戦（一五八三年）の際に、本堂はじめ寺の建物は破壊されたが、一山の衆僧・信徒によって再建されたという。

〈菅山寺参道〉

余呉町を南北に〈北国街道〉が縦断しているが、街道沿いの坂口《さかぐち》から菅山寺に登る参道があり、参道入り口には、〈天満宮〉の額を掲げた大鳥居がある。母〈はる江〉の実家〈野瀬家〉もこの参道沿いにあった。子供の頃、何回か野瀬家を訪ねたことがあるが、道の脇の小川に大箕山からの清冽な水が勢いよく流れていたことが記憶にある。

〈幼時の思い出〉

小学校の二年か三年の頃だったと思う。父に連れられ、三歳違いの弟と、菅山寺にお参りしたことがあった。境内にある天満宮にもお参りし、父に促されて、学問の神様、菅原道真に「勉強ができるようになりますように」と祈願したことであろう。父はこの時、天満宮の傍に梅の苗を植えた。植えた場所は社の左の空地であったような気がするが、学業祈願のことも梅植樹のことも、記憶は朧《おぼろ》で殆ど思い出すことができない。ただ、寺の境内にあったお堂の中に大きな廻り灯籠《とうろう》のようなものがあり、弟とそれにぶら下がり、回転させて遊んだことを憶えている。

亡き父、亡き弟の憶いと重なって、菅山寺のことが懐かしく、一度お参りしたいと思い出して久しい。梅を植えたことを殆ど憶えていないのに、梅の木が気になる。今年になってようやく長年の思いを果たした。

〈菅山寺へ〉

私たち夫婦は、今年の四〜五月、宇治の家で過ごしたが、連休を利用して宇治の家に来た長男夫婦の協力で、私は菅山寺に参ることができた。四月二十九日、京都からJR琵琶湖線で長浜へ。長浜でレンタカーを借り、長男夫婦は私たちを乗せ、長浜市安養寺町にある吉川家の墓に参ったのち、菅山寺へ連れて行ってくれた。

坂口からの表参道のほかに、大箕山北面からの林道を利用して菅山寺へ行くハイキングコースがある。坂口の表参道からは歩いて一時間かかるが、林道利用コースでは頂上付近の駐車場から歩いて約四〇分で行けるという。くねりくねった険しい林道を車で登った。林道の傍の木にかわいい小猿がいるのを見つけて、皆で思わず声をあげた。頂上付近からは余呉湖が美しく眺められ、残雪のある山が見えた。

景色を楽しんだのち、ハイキングコースを歩いて菅山寺・天満宮にお参りした。坂口などの大箕山の麓で熊が出没したことがあり、用意してきたビールの空き缶に小石を入れ、音をさせながら歩いた。熊には幸いに会わなかった。ハイキングを楽しむ三組の夫婦に会った。

駐車場から菅山寺境内までのハイキングコースは、上り下りのある狭い難路で崖もある。

妻を難路手前の空地にあったベンチで待たせて、三人で行った。急な上がり下がりがあるだけでなく水溜まりがあったりしたが、一帯はブナの原生林で、新緑がまことに爽やかで美しかった。

菅山寺の境内は広かった。朱雀池《すざくいけ》という池があり、傍に弁才天堂・五所権現の小堂があった。重要文化財に指定されている梵鐘《ぼんしょう》があった。説明板に、鎌倉時代の建治三年（一二七七年）に造られた鐘で、銘文に、菅原道真が寺院を建立し、当山に不動明王を安置したことが刻まれている、とあった。

静寂そのものの広い境内に、本堂・如法経堂《にょほうきょうどう》・護摩堂《ごまどう》・宝蔵、そして天満宮などの建物があった。建物は古び、一部は壊れかけていた。山門の前に菅原道真公が植えられたという、二本の欅《けやき》の老巨木があった。豪雪の厳しい自然環境の中での、菅山寺の歴史が感じられた。

天満宮に参拝したが、気になっていた梅の木はなかった。豪雪の中で育たなかったのであろう。梅の樹姿を想像したりして、わくわくした気持ちで来たので、がっかりはしたが、植えたきりで、その後、吉川家の誰も見に行かなかったのであるから、仕方のないことである。

弟と廻り燈籠のようなものを回転させて遊んだ思い出の建物は、如法経堂であった。お堂のなかに回転式の経典の収納庫があった。この寺の建物は殆どが江戸時代に再建されたものということであるから、専暁上人が宋から持ち帰ったという一切経は、この経堂ではなく、再建前の如法経堂に納められていたと考えられる。

経堂の中へは入れなかったが、覗《のぞ》いてみると、納経庫は崩れて傾いていた。しかし、引き出しのようなものが多数あり、欄干で囲んだ多角形の精巧な造りの大きな収納庫である。回転できる構造になっている。経典を収納するだけでなく、回転させて拝むことにより、収納されているすべての経典を読んだことになる、というような拝礼形式があったのではなかろうか。この回転式の納経庫を回転させて遊んだのだ！　当時、既に無住の寺であったから、経典は納められていなかったと思われる。

如法経堂の傍に古びた五層の石塔があった。この石塔の近くには、石材が幾つか転がっていた。陰明院と皇子の墓と伝えられる二基の石塔があるということであるが、この石塔であろうか。一基は壊れてしまったのであろうか。転がっている石材はその一部かもしれない。

境内の一角に古び朽ちた墓石が集まっている所があった。累代の菅山寺僧のものであろう。また、道の傍に古い地蔵さんの石像が祀られていた。頭の部分のない像がかなりあった。豪雪が繰り返された長い年月の間に損傷したのであろう。

私たちは同じ道を引き返した。表参道に「弘善館」という菅山寺宝物や菅原道真ゆかりの物を納めた施設がある。今回は観覧することはできなかったが、ここは子供たちを煩《わずら》わさなくても行けるので、次の機会に訪ねたいと思う。

（二〇一二年五月）

菅山寺

山門と菅原道真が植えたと伝えられる老欅《けやき》

如法経堂　納経庫

天満宮

6　田上山に登る——懐かしの山

私の故郷、滋賀県伊香郡木之本町木之本（現　長浜市木之本町木之本）は近江平野の北端にあり、田上山《たがみやま》を背にして、〈北国街道〉沿いに開けた旧宿場町である。田上山は、賤ヶ岳《しずがたけ》の合戦の際、羽柴秀吉が本陣を置いたことで知られている。

山麓には、木之本の氏神で旧県社の〈意富布良《いふら》神社〉がある。山の中腹には〈忠魂碑〉が建立されており、前は広場になっていた。また中腹に四国八十八札所を模した〈霊場〉が造られており、道の所々に石仏が置かれていた。忠魂碑の広場の少し上に、〈土倉鉱山〉からの鉱石を、当時町にあった硫酸工場に運ぶ索道の塔があった。山には赤松が多く、マツタケのよくとれる山として知られていた。

子供の頃、私たちは意富布良神社の境内から忠魂碑の所まで登り、碑の前の広場を基地にしてよく遊んだ。索道の塔は比較的低かったので、塔に登り、運ばれてくる鉱石（黄鉄鉱など）の一つ、二つを掴み取って、きらきら光る鉱石を密かに蒐集した。付近で遊んで、ウルシに全身がかぶれ苦しんだこともあった。

老齢になって、あちこち旅行するよりも、懐かしい思い出の地を訪ねたいという気持ちが強くなった。田上山は懐かしい山である。今秋、私は妻と宇治の家から湖北への日帰りの旅行をして、田上山に登った。

十一月十二日、京都からJR琵琶湖線に乗り、余呉《よご》駅で下車した。余呉駅でレンタサイクルを借り、余呉湖畔の〈はごろも市〉で買い物をしたのち、余呉川沿いの道を北に向かい中之郷《なかのごう》へ。中之郷は旧北陸本線の駅があった所で、〈北国街道〉沿いに開けた伊香郡余呉町（現　長浜市余呉町）の中心的な街であった。

中之郷から反転して木之本へと南進し、田上山山麓の意富良神社に着いた。境内は紅葉がまことに美しかった。神社に参拝したのち、境内で昼食をとった。妻を境内に残し、私は一人で田上山を忠魂碑の所まで登った。

私が子供の頃は、神社境内から忠魂碑の広場まで、二メートル幅の道が整備されていたように思うが、途中は崖が崩れ、道幅は狭くなっていた。ようやく忠魂碑の広場に辿り着いた。広場近くの道脇には、霊場の石仏が並んでいた。台に「第三十一番　五台山」と刻んだ石仏があった。

忠魂碑のある広場は整備されていて、桜が植樹されていた。碑には、「忠魂碑」の字の横に「陸軍大臣林銑十郎書」と刻まれ、碑の裏には、「昭和十年三月建之」「帝国在郷軍人会木之本町分会」とあった。これらの碑の刻字は子供の頃も見たであろうが、全く憶えていなかった。

忠魂碑には戦死者の名前は刻まれていないが、町の共同墓地の一角に戦死者の名を刻んだ慰霊碑がある。日清・日露戦争の戦死者名に続いて、中国との戦争、太平洋戦争の戦死者の名が刻まれている。帰省の際にお参りしたことがあるが、お名前・お顔を存じている方も多い。私は忠魂碑の前で手を合わせ、これらの若くして国に殉じられた方々を偲び、黙祷を捧げた。

忠魂碑前の広場から南を展望した古い写真がある。私が小学校上級の頃の写真である。

雪が積もっている。手前の道は、木之本の街を南北に走る〈北国街道〉から直角に、意富布良《いふふら》神社の前を通り、伊香農学校（現 伊香高校）に至る東西の緩やかな坂道である。雪

霊場の仏像「第三十一番　五台山」

忠魂碑

の中の桑畑の先に見える洋館風の建物は町役場、その先の建物群は小学校の校舎である。右の大きな建物は、浄信寺の阿弥陀堂《あみだどう》、小学校の建物の右横の大きな建物は、明楽寺《みょうらくじ》の本堂である。懐かしい写真である。

忠魂碑前の広場からは、樹木に遮られて南の方向しか見えない。南の方向も樹に少し遮られて、写真のようには見えない。私は広場をあちこち移動して、南を展望した。浄信寺阿弥陀堂や明楽寺本堂周辺は、あまり変わっていない。嘗《かつ》ての桑畑は住宅地となり、町役場は移転したようで、その跡に小学校の体育館が建っている。小学校はモダンな鉄筋の建物に替わっている。私は近景・遠景を追いながら、幼・少年の頃の思い出に浸った。

忠魂碑の広場から伊香高校の前に下りる、新しい道が造られていた。この道を通って下山した。木之本駅でレンタサイクルを返還し、JR琵琶湖線で宇治に帰った。楽しい旅の一日であった。

（二〇一二年十一月）

田上山からの展望（1940年）

7 醒井養鱒場を訪ねて——養鱒場とその周辺

滋賀県米原《まいばら》市上丹生《かみにゅう》に県の〈醒井養鱒場《さめがいようそん》〉がある。一時民営になったこともあるが、明治十一年（一八七八年）開設の、ニジマスの養殖を主にした、わが国で最も古い養鱒試験場である。小学校四年生のとき、浄信寺日曜学校の〈遠足〉で養鱒場を見学したことがある。そのときの事は殆ど憶えていないが、懐かしい集合写真が残っている。

昭和四十一年（一九六六年）三月末、家族で滋賀の家に帰省した折り、一日、小学校二年の長男をこの養鱒場へ連れていった。子どもは釣り場でニジマスを何匹も釣り上げて大喜びであった。近くにいたおじさんが、「坊《ぼん》、魚に餌をとられんようにするのが上手なんよ」と声を掛けてくださったことなど、その日のことが懐かしく思い出される。

試験場の入口付近に野猿公園の案内板が立っていたので、子どもをそこへも連れて行った。なんとその日は野猿公園の開園日であり、私たち三人は野猿公園の第一号の入場者であった。当時のアルバムにそのときの入場券を張っている。入場券には、「今まで何回も霊仙山に棲息する野猿の餌づけを試みたがうまくいかなかった。姫路舟越山の視察、地元民の一致協力により、約六十頭の野猿群の餌づけにようやく成功した」ことが記されていた。私たちは、柵内の山の傾斜で私たちに何の関心も示さず、無心に餌を食べている野猿群を見て楽しんだ。

私は思い出の醒井養鱒場を訪ねることを思い立ち、妻と平成二十五年（二〇一三年）四月、宇治の家を発ち、京都からJR琵琶湖線に乗り、米原駅で下車、〈醒井駅経由養鱒場行き〉のバスで養鱒場を訪ねた。

稚魚から親魚まで、生長段階で分けた飼育池で、活発に泳ぎ回るニジマスの群れを観て回った。養鱒場ではニジマスのほか、アマゴ、イワナ、幻の魚と言われるイトウ、古代魚のチョウザメ、清流のシンボルと言われるハリヨなどが飼育されている。七〇〜八〇センチのチョウザメが、同じ池のニジマスなどの群れを全く無視しているような様子で、特有の尾鰭《おひれ》を時々水面から出しながら悠然《ゆうぜん》と泳いでいるのが印象的であった。

日曜日であったためか、試験室などの見学はできなかった。私たちは広い場内を歩き回った。養鱒場は霊仙山《りょうぜんざん》の麓にあり、山にはコブシの花が咲いていた。米原駅からのバスの車中から観た桜は満開であったが、場内の桜は二、三分咲きであった。空気は澄み、快かった。あちこちでミヤマカタバミが可憐な白い花を咲かせていた。

場内の〈もりおかみやげ店〉で、鱒の甘露煮と〈くさもち〉を買った。名水で沸かしたというおいしいコーヒーを頂いた。店番の婦人に、私たちが野猿公園の第一号の入場者であったことを話し、その後の野猿公園について聞いてみた。「公園は猿による農作物の被害などが出るようになって閉園になった。祖父が開園に大きく貢献したが、開園して五年後に亡くなった。当時の案内板を捨てるのは惜しいので、店の裏の補修に利用した」など、野猿公園にまつわる話をいろいろとしてくださった。

私たちは野猿公園の話が聞けて、来た甲斐があったと嬉しかったが、店の婦人も「帰ったら仏壇の祖父に報告します」と私たちの出会いをたいへん喜んでくださった。店の裏に張り付けてあった案内板を見せてもらった。お店の写真を記念に撮らせてもらった。

帰りはJR醍醐駅前でバスを降り、JRで宇治の家に帰ったが、乗車までの約一時間、醍井駅近くの地蔵川に沿う〈中山道〉を散策した。地蔵川は、梅の花に似た白い花が咲く〈梅花藻《ばいかも》〉が生育していることで知られている。梅花藻はキンポウゲ科の沈水植物で、水温が年間14℃前後の清流にしか育たない植物と言われている。地蔵川の源は、〈中山道〉沿いにある加茂神社の石垣の間からの湧水で、梅花藻の生育に適した水温に常時保たれているのであろう。花の盛りは夏で、多くの観光客で賑わうようであるが、既に一部で咲いていた。清楚な美しい花である。

川縁にはサルスベリを挟んで桜の古木が並んでおり、満開で見事であった。〈中山道〉を歩いて加茂神社まで行き、源泉を観た。石垣から霊仙山の伏流水と思われる水が豊かに流れ出ていた。加茂神社の境内の桜は満開で、コブシの大木の白い花も見事であった。

道沿いに、ウイリアム メレル ヴォーリス（注）が設計に係わったという洋館風の旧醒井郵便局、醒井宿本陣跡、明治二十六年に建てられた醒井尋常高等小学校の玄関を移築したと言われる、重厚な造りの松尾寺政所などがあった。また、醒井をうたった雨森芳洲の、次のように刻んだ歌碑があった。

「水清き　人の心を　さめが井や　底のさざれも　玉とみるまで」

楽しい旅であった。醒井の近くの〈中山道〉沿いの番場《ばんば》には、浄土宗本山蓮華寺《れんげじ》がある。この寺は境内に、鎌倉時代末期、京から逃れていく途中、番場で軍勢に囲まれ、自刃した六波羅探題北条仲時主従の墓と、国の重要文化財に指定されている仲時主従の過去帳があることで知られている。

彦根中学の同級生T君はこの寺に預けられて、この寺から彦根中学に通っていた。T君は中学卒業後、仏の道を歩まず、国鉄職員になった。私はバス車中で、今は亡きT君の思い出を妻に語った。今回は時間の関係で行けなかったが、T君に縁のある、このお寺に一度お参りしたいと思っている。

注　明治三十八年（一九〇五年）、アメリカより滋賀県八幡商業学校の英語教師として赴任。退職後、教え子とともに実業に従事しながらキリスト教の伝道をする〈近江兄弟社〉を設立。本業の建築設計と〈メンソレターム〉の製造販売などで、教会・病院・図書館・学園などを設立してキリスト教の伝道と社会奉仕に努めた。（角川書店・日本地名大辞典25　滋賀県）

（二〇一三年四月）

8 蓮華寺に参る——中学同窓T君ゆかりの名刹

平成二十五年（二〇一三年）六月中・下旬、私たちは宇治の家に約十日間逗留したが、一日、滋賀県米原《まいばら》市番場《ばんば》の浄土宗本山蓮華寺《れんげじ》にお参りした。

六月二十八日、宇治の家を発ち、JR米原駅で下車、〈醒井駅経由養鱒場行〉のバスに乗り、〈中山道〉の〈蓮華寺前〉で降りた。東へ約五十メートル入った所の、名神高速道路の下をくぐり抜けた先に、山を背にして蓮華寺があった。山門は〈勅使門〉で、菊の紋章の付いた壮麗な造りの門であった。山門の横の道を通って境内に入り、本堂にお参りした。本堂に掲げられている寺号額は後水尾天皇のご宸筆《しんぴつ》（元禄十一年）であるという。国の重要文化財に指定されている梵鐘《ぼんしょう》があった。

〈斎藤茂吉と蓮華寺〉

境内に、斎藤茂吉の「松かぜのおときくときはいにしへの　聖のごとくわれは寂しむ」を刻んだ自然石の歌碑があった。また、「このみ寺に仲時の軍やぶれ来て　腹きりたりと聞けばかなしも」と紙に書かれた茂吉の歌が、本堂の階段の横に掲げられていた。

斎藤茂吉は、山形県南村山郡金瓶《かなかめ》村（現　上山《かみのやま》市）の生まれで、少年の頃、生家の菩提寺

〈寶泉寺〉の佐原窿應《りゅうおう》住職に教えを受け、その人格・識見から多大の感化を受けたという。窿應和尚は、その後、番場の蓮華寺の住職になられたので、茂吉は蓮華寺との縁ができたのである。何回か蓮華寺の窿應和尚を訪ねており、その際に詠んだ歌が、茂吉の歌集『ともしび』に載っている。

〈北条仲時主従の墓〉

鎌倉時代末期、六波羅探題北条仲時は足利高氏《ママ》軍に破れ、再起を期して〈中山道〉を東国へ向かう途中、番場《ばんば》の宿で圧倒的な軍勢に囲まれ、遂に蓮華寺の本堂前庭で主従四百三十余名が自刃し果てたという。蓮華寺第三代住職同阿上人は、仲時主従を深く憐れみ、姓名・年齢と仮の法名を一巻の過去帳に認《したた》め、また供養の墓を建立して冥福を祈られたという。その墓は本堂横の道を登った所にあった。墓は苔むし、おびただしい数の墓が、三列にぴったりとつながるように並んでいた。自刃した者に少年もいたという。密につながる墓群に主従の強い絆が表れているように思った。また墓地の周辺には、深い悲しみが漂っているように感じた。私は墓前で手を合わせ、黙祷を捧げた。

〈番場忠太郎《ばんばのちゅうたろう》地蔵尊〉

本堂裏に、〈一向杉〉と呼ばれている樹齢七百年と言われる巨木がある。説明板に、本寺開山の一向上人が遷化《せんげ》され荼毘《だび》に付せられた跡に植えられた杉、と記されていた。この杉の近くに、〈番場忠太郎地蔵尊〉の石像があった。

地蔵尊像の台には、長谷川伸による「南無帰命頂礼　親をたづぬる子には親を子をたづぬる親には子をめぐりあわせ給へ」が刻まれている。

〈番場の忠太郎〉は、大正・昭和の劇作家・小説家、長谷川伸の代表作『瞼《まぶた》の母』の主人公である。生母との別れ、悲哀と孤独、母に会いたいという悲願、再会と悲しい別れを描いた戯曲で、新国劇や映画で盛んに上演された。

幼い頃に生母と別れ、四十余年後に再会を果たしたという長谷川伸自身の人生と、母を慕う心が、この戯曲に込められているのではなかろうか。〈番場忠太郎地蔵尊〉は、長谷川伸によって、母子離別の悲劇がないようにという悲願を込めて建立されたと考えられる。

蓮華寺本堂

斉藤茂吉の歌（本堂）

北条仲時主従の墓

〈T君のことなど〉

T君は亡くなってしまったが、彦根中学一年のとき同じクラスで、通学の汽車で一緒になったりして親しくしていた友である。彼は蓮華寺に預けられ、蓮華寺から中学に通っていた。中学時代、自分の生い立ちや蓮華寺の話は殆どしなかったが、山形県生まれということだけは聞いた記憶がある。T君は中学卒業後、仏の道を歩まず、国鉄職員になった。

何処への出張であったか忘れたが、米原駅で乗り換えたことがあった。駅長室の前を通ったとき、思いもかけず、T君に声を掛けられた。「寄っていかんか」と言ってくれたが、急いでいたので、寄って話をすることができなかった。彼は駅長になっていたのではなかろうか。これが、彼と会った最後である。

彼の思い出につながる蓮華寺に、一度お参りしたいと思って久しいが、この度、ようやくお参りすることができた。ご住職にT君のことについて話をしたところ、斉藤茂吉と係わりの深い窿応和尚はじめ、山形の寺からこの寺の住職になられた方が多く、蓮華寺は山形と関係が特に深いということであった。それで納得がいった。T君の言葉に東北訛りはなかったから、彼は幼い頃から蓮華寺に預けられていたのであろうか。彼と話をする機会をもちたかった。残念である。

ご住職から、先代のご住職の書かれた『浄土宗本山　蓮華寺』という本を頂いた。この本を読み、『斎藤茂吉集』(講談社版・日本現代文学全集)を開いて、蓮華寺参詣の記録を認めた。

(二〇一三年六月)

第三部　回想

私と妻の戦中・戦後史

私たち世代は戦争の中で育った。1945年8月15日、戦争が終結し平和な時代となったが、国も国民も極めて厳しく困難な状態にあった。

戦中・戦後のことは感慨深く思い出されるが、息子や孫にも、当時のことを書き残しておきたいという気持ちが強く起こった。

私は〈虚飾なく正確に〉を期して、私と妻の戦中・戦後の歴史を纏めた。

1　私の戦中・戦後

「サイタ　サイタ　サクラガ　サイタ」で始まる尋常小学校一年の国語読本に、「ススメ　ススメ　ヘイタイ　ススメ」があった。一年生のとき、「鉄砲《てっぽう》かついだ　兵隊《へいたい》さん　足並《あしなみ》そろへて　歩《ある》いてる……」の〈兵隊さん〉、上級生になって、〈広瀬中佐〉や〈水師営の会見〉などの〈唱歌〉を習った。これらの唱歌は今でもよく憶えている。私たちにとって最も偉い人は、東郷元帥と乃木大将であった。

昭和十年（一九三五年）、小学校一年生のとき、町出身の戦死者を祀る〈忠魂碑〉が、街の背の〈田上山《たがみやま》〉に建立された。付近で陸軍の大演習があり、兵隊さんが二人、わが家に泊まられたことがあった。

昭和十二年（一九三七年）七月七日、中国との戦争が始まった。私は小学校四年生であった。町から多くの人が出征され、私たちは駅へ見送りに行った。小学校から、手紙などを入れた〈慰問袋〉を郷土出身の兵隊さんに送った。小学校の講堂に町出身の戦死者の写真が掲げられ、その数が増えていった。校庭で戦死者の町葬が行われ、生徒も式に参列した。私たち小学生にも、〈戦争〉は身近に感じられた。

昭和十六年（一九四一年）十二月八日、中学校二年生のとき、太平洋戦争が始まった。戦争は、同二十年（一九四五年）八月十五日、わが国の無条件降伏によって終わった。私は陸軍豫科士官学校の生徒であった。

戦争が終わって、私たちは〈滅私奉公〉から解放され、将来の夢に向かって自由に羽ばたくことができるようになった。終戦の翌年の昭和二十一年（一九四六年）、私は名古屋工業専門学校化学工業科に、次いで京都大学農学部農林化学科に進学し、昭和二十七年（一九五二年）三月、京都大学を卒業した。戦後の厳しい生活環境下で、思い通りに学び勉強することはできなかったが、学問に対してひたむきであった。真剣であった。学生時代を顧みるとき、深い感慨を覚える。

私の〈戦中・戦後〉を、〈小・中学校時代〉〈陸軍豫科士官学校生徒として〉〈戦後の学生生活〉の三章に纏めた。

（二〇〇八～九年）

1　小・中学校時代

戦争の足音――小学校四年のとき中国との戦争が始まった

昭和十二年（一九三七年）七月七日、盧構橋事件に端を発した中国との戦争が始まった。当時私は九歳、滋賀県伊香《いか》郡木之本《きのもと》町・木之本尋常高等小学校の尋常科四年生であった。開戦の報道を心重く緊張して聞いた。校長先生の訓話があったように思う。

町から多くの人が出征され、私たちは木之本駅から発たれる出征兵士の見送りに行った。駅前の広場で出征される方の挨拶があり、挨拶の中で〈粉骨砕身〉という言葉がよく使われたのを記憶している。

小学校の講堂に町出身の戦死者の遺影が掲げられたが、その数がだんだんと増えていった。戦死者の町葬が小学校校庭で行われ、私たち生徒も参列した。

戦地へ発つ兵隊を乗せた、北陸方面からの臨時の軍用列車が頻繁《ひんぱん》に木之本駅を通過した。駅の近くで遊んでいた私たちは、近くの踏切で、万歳《ばんざい》を叫び、手を振り見送った。車窓から名刺がばら撒かれた。名刺が家族の手に渡ることを願って撒かれたのであろう。家族に出発を何とか知らせたい。別れを言いたい。「これから戦地へ発つ。さようなら。皆元気で。あとをよろしく頼む」。戦地へ発つ兵隊さんが、家族を思う切実な気持ちで、撒かれたにちがいない。しかし、子供にはわかるはずがなかった。私たちは競って名刺を拾い蒐集した。

開戦の翌年、五年生のとき、担任の多賀勇哲先生が召集を受けて出征された。陸軍士官の凛々《りり》しい軍服姿で、全校生徒を前に講堂で出征の挨拶をされた。私たちが先生の授業を受けたのは一学期だけであった。色白で、ひげの濃い先生であった。先生は戦死され、再び教壇に立たれることはなかった。

太平洋戦争開戦 ―― 中学二年

昭和十六年（一九四一年）十二月八日、太平洋戦争が始まった。私は滋賀県立彦根中学校の二年生であった。開戦は登校後に聞いた。開戦の報道を聞いて、震えるような重々しい緊張感の中にいたが、次々に報道される、真珠湾攻撃をはじめとする日本軍の挙げる大戦果に安堵《あんど》し、心躍らせた。

一年生のとき、祝賀儀式のある〈天長節〉や〈明治節〉などの日は、先生の服装は殆どがモーニングであった。校長先生はシルクハットをかぶる礼装で登校された。しかし開戦後は、先生の服装は、儀式のときも日常も〈国民服〉に替わった。私たちは黒い学生帽であったが、新入生は〈戦闘帽〉に替わった。入学時は下駄履きの通学が許されていたが、靴履きでゲートルを巻いて登校しなければならなくなった。野球部や庭球部が廃され、テニスコートは銃剣術の練習場となった。

〈教練〉という軍事の正規授業があった。教員は退役陸軍少佐と退役陸軍准尉のお二人であった。教練が強化され、〈軍人勅諭〉を憶えさせられた。上級生になると、教練は銃携帯の訓練であった。雨天体操場の奥に銃収納室があり、〈三八式〉と言われた銃が収納されていた。

陸軍第十六師団（師団本部・京都）から派遣される〈配属将校〉が時々学校に見えて、教練の授業を査察するとともに、全生徒を講堂に集め、時局に関する講話をされた。年に一回、師団派遣の査閲官による〈教練〉実施状況に関する査閲もあった。五年生になると、約一週間、現在の高島市にあった陸軍饗庭野《あいばの》演習場で県内の全中等学校生徒の合同軍事演習があった。すべてが戦争一色になった。

授業を休みにして、農家の稲刈りなどの農作業の手伝い、山からの木炭運搬などを行う勤労奉仕も度々あった。五年生になった昭和十九年（一九四四年）になると、戦局は極度に緊迫化し、「国民総動員体制」が布かれ、全国の中等学校・高等女学校生徒の〈勤労動員〉が行われた。

彦根中学校生徒は琵琶湖に接する松原湖の干拓事業に動員され、穴掘りやモッコによる土運びなどの土木作業に従事した。雨などで作業のできない日だけ授業があった。高等学校・専門学校の入学試験に学科試験がなくなり、内申書と口頭試問による選抜となった。勉強どころではなくなったのである。若い先生は応召され、先生は高齢者ばかりになった。英語の吉村健先生、地理の小泉精一先生、剣道の須藤禎三先生が応召された。三人とも戦死され、再び教壇に立たれることはなかった。

高等学校・専門学校に、さらに大学に進まれた先輩たちが、学窓から続々と出陣された。私が一年生のとき、五年生であった木之本小学校出身の唯一の上級生、望月正夫さんも神戸経済大学（旧制・現在の神戸大学経済学部の前身）在学中に出征された。望月さんがビルマで戦死されたことを、戦後になって知った。〈モッチャン〉と愛称で呼ばれ、下級生にも慕われている方であった。まことに苛酷《かこく》で悲惨《ひさん》な時代であった。

戦争に関係した、二人の先生の話 ―― 中学二年・三年

戦争に関係することで、〈公民〉の柏島健太郎《かしわじまけんたろう》先生と〈数学〉の村治一男《むらじかずお》先生が授業中に挟まれた話を、忘れ得ぬこととして心に刻んでいる。

滋賀県立彦根中学校２年生（1941年）

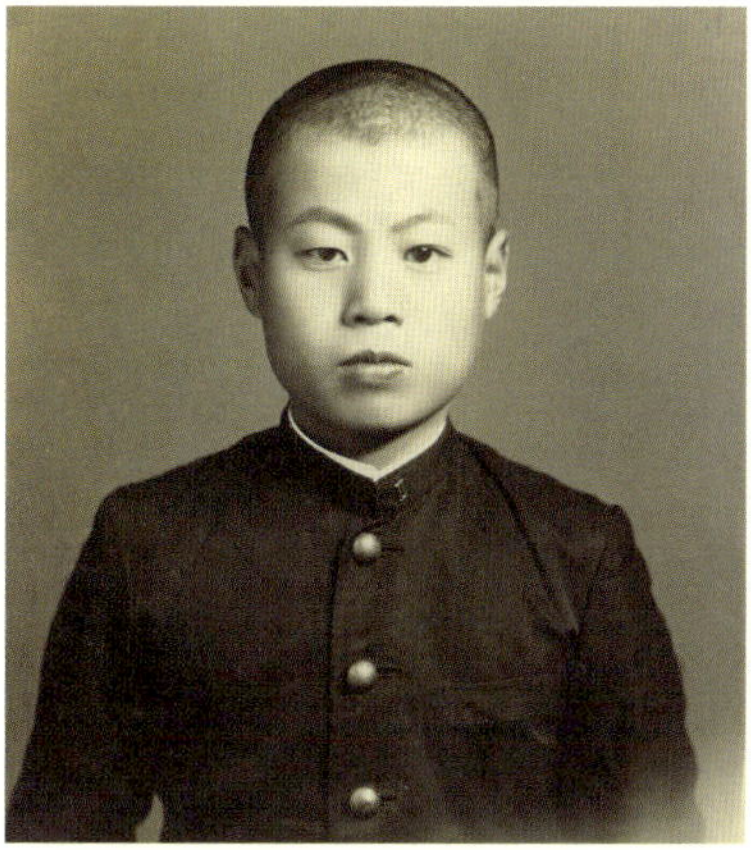

柏島先生は有名な神戸の鈴木商店にお勤めであったが、昭和初めの経済恐慌《きょうこう》で会社が潰れ、彦根中学校の先生になられたということであった。ニックネームは〈ボーヤン〉。その風貌と超然としたご様子から付けられたものであろう。

二年生のときであった。開戦前であったか、直後であったか、どのような授業であったかは忘れてしまったが、先生は授業中に、いつもと違った厳しい口調で次のようなことを言われた。

「日本はアメリカに勝てない。服を見てみろ。日本はスフ（注）だが、アメリカは純毛だ。国力が違う」

当時としては極めて大胆な、勇気のいる発言であったと思う。危険分子として、憲兵や警察に検束《けんそく》されるかもしれない発言であった。鈴木商店で国際的な仕事をしておられた先生は、日米の国力の大きな差を認識しておられて、アメリカと戦うべきでない、戦えば必ず負ける、と考えておられたのだと思う。

数学の村治先生のニックネームは〈ヌル〉で、つかみどころのない、ぬるりとしたご様子から付けられたと思われるが、授業には厳しかった。先生は授業の進め方が巧みで、説明は解り易く、私は先生の授業が好きであった。

先生はときどき授業に直接関係のない話を挟まれた。先生独特の授業法であったと思う。三年生のときであった。〈代数〉の授業中に、核分裂の話をしてくださった。そして、このエネルギーを利用すると、とてつもない強力な破壊力をもつ爆弾ができると言われた。黒板に書いて、その原理を詳しく説明してくださった。広島と長崎に原子爆弾が投下された昭和二十年（一九四五年）の二年前のことである。

二人の先生の話を、そのとき不安と怖《おそ》れの心で聞いたと思う。予言は正《まさ》しく的中した。日本はアメリカに敗れた。核兵器が開発され、最初の被爆国になったのは日本である。

注〈スフ〉ステープルファイバーの略。木材パルプを原料にして造られた人造繊維。

暴力制裁――野蛮な時代・中学三年

現在、学校における〈いじめ〉が深刻な社会問題になっている。いじめを苦に、生徒が自殺するという痛ましい事件も起こっている。私にも忘れられない苦《にが》い体験がある。太平洋戦争の最中《さなか》であった。軍隊式の野蛮がまかり通った時代であったが、私は上級生集団から暴力制裁を受け、被害者であるにもかかわらず、〈譴責《けんせき》処分〉を受けた。この事件を思い出すと、今でも口惜しさがよみがえってくる。

昭和十七年（一九四二年）、私は中学三年生であった。当時、滋賀県内の中等学校の五年生は全員、約一週間、湖西の饗庭野《あいばの》にあった陸軍演習場で軍事教練を行うことになっていた。その間、学校では四年生が最上級生ということになり、心貧しき一部の四年生による下級生に対する暴力事件が起こる。今では考えられないことであるが、当時は校外では、下級生は上級生に対し、会えば挙手の敬礼をしなければならなかった時代である。禁止はされていたが、上級生の下級生に対する暴力事件は珍しいことではなかった。県内の別の中学校であるが、卒業式後に、いじめを受けていた下級生が卒業生の一人を囲み、刃物による傷害事件を起こしたことがあった。野蛮な荒れた時代であった。

五年生の留守中に、私は四年生の剣道部員から呼び出された。何人かが四年生の教室の後ろに並ばされ、大勢の四年生の見ている前で、放課後の練習に参加しないと、暴力制裁を受けた。三年生で制裁を受けたのは、私とK君の二人であった。

私は、父に強く勧められて剣道部に入っていたが、放課後の練習に参加したことは殆どなかった。遠隔地からの汽車通学であり、勉強を犠牲にするのでなければ、放課後の練習は無理であった。正課の〈武道〉の授業も嫌いな学科であったし、放課後に無理をして練習に参加する気にはならなかった。しかし入部以来、五年生の部員から呼び出され、注意を受けたことは一度もなかった。五年生の留守をよいことにして、四年生の部員が下級生を呼び出して、暴力による制裁を加えたのである。まことに卑劣な行為であった。

事件後、学校は加害者の四年生のみならず、被害者の下級生も同時に〈譴責《けんせき》処分〉にした。急に校長室に呼び出され、A校長から〈譴責処分〉を言い渡された。暴行を受けた屈辱、不当な処分を受けた口惜しさ、校長に不当について抗弁できなかった自分のふがいなさ。この心の傷は癒《い》えることはなかった。

加害者の某、某、某らの顔。事情も聞かずに、自分のクラスの生徒を不当な処分から守ろうとしなかった担任のH先生の顔。謝罪してもらわなければ、私の心はおさまらないと思ってきたが、すべてがこの世の人でなくなった。

喧嘩《けんか》であれば、両成敗《りょうせいばい》ということはある。しかし、この事件は喧嘩ではない。上級生による下級生に対する一方的な暴力による制裁である。制裁を受けた下級生にも問題があるということであったのか。加害者には重い、被害者には軽い処分を科したというのなら、理解できないことはない。被害者に事情も聞かず、加害者と同じ〈譴責処分〉を科したという学校の処分は、不当極まりないものである。

平成七年（一九九五年）五月、私たちは、彦根で卒業五十周年記念の同窓会を開いた。私と同時に暴行を受け、〈譴責処分〉を受けたK君に会った。期せずして事件の話になったが、彼もその時の口惜しさは忘れていないようであった。

〈人権〉という言葉を知らず、野蛮な軍隊式がまかり通った時代のこととは言え、この事件に対する学校の処分は不当極まりないもので、私たち被害者に癒《い》えぬ傷を与えた。A校長を名校長として讃える人もいるが、私は先生の教育者としての見識に疑いを強くもつ。苦しかったことも殆どが楽しい思い出に変わるなかで、この事件はこの歳になっても消えぬ嫌な思い出である。

陸軍豫科士官学校受験 ―― 中学五年

私が生まれたとき、父は当時の内閣総理大臣 陸軍大将 田中義一にあやかり、私を義一《ぎいち》と命名した。苦しい暮らしの中で、父はわが子の将来の夢を、金をかけずに出世できる軍人の道にみたのであろう。

私は中学校の授業では、国語・漢文・歴史・地理などの文科系の科目が好きであった。数学は好きであったが、物理や化学は苦手で、よくわからなかった。体操は好きであったが、教練・武道は嫌いな学科であった。歴史学者になることを夢みていて、私は高等学校（旧制）へ進みたかった。そのことを父に話したら、士官学校を受けないのなら学校を止めてくれ、と厳しい調子で言われた。中学校へ通わせることも大変なのに、高等学校へ、さらに帝国大学へと進学させることは、わが家では到底できないことであった。

私は五年生になって、陸軍豫科士官学校を受験した。学科試験が昭和十九年（一九四四年）五月に行われた。滋賀県内の受験生の試験場は大津市の県立大津商業学校であった。

第一日の午前に第一次の数学・国語の試験があり、午後に第一次の合格者が発表された。受験者の半数以上が第一次で篩《ふる》い落とされた。第一次の合格者に対し、第二日に数学と国語・作文、第三日に物象（物理・化学）と歴史・地理の試験があった。英語の試験はなかった。

第二次の数学の試験の一問がどうしても解けなかった。数学が特にできると言われていた、同級の中村喜理雄君も解けなかったと聞いて、安心したことを憶えている。

中村君は陸軍豫科士官学校に入校し、終戦後は第八高等学校から名古屋大学理学部数学科に進み、数学者になった。現在、神戸商船大学名誉教授である。中学校の同窓会で会ったとき、その話をすると、「あの問題は条件が一つ欠けているので解けない」と彼は言った。数学者が言うのだから間違いなかろう。

七月に学科試験合格の通知があり、八月に陸軍豫科士官学校で身体検査と面接を受けた。

そして九月初め、陸軍教育総監部より「四ツキリクシサイヨウ　キョウイクソウカン」の電報を受けとった。私は陸軍豫科士官学校生徒に採用されたのである。父の夢を叶《かな》えたことになる。電報を受けとったとき、父と母は「苦労した甲斐があった」と手をとり合い、涙を流して喜んでくれたという。

昭和二十年（一九四五年）二月初め、私は陸軍豫科士官学校に入校した。

二月六日夕刻、私は父と木之本駅を発った。母は駅へ見送りには来なかった。一番下の二歳の弟を抱いた母に、家の中で出発の挨拶をした。

米原駅まで数人の中学の友人が同車して見送ってくれた。窓を過《よぎ》っていく見慣れた建物や川・道・森を目で追いながら、私は車中で、家族と別れ故郷を離れるさびしさで感傷的になっていた。数日後に始まる陸軍豫科士官学校の生活に対する漠然とした不安もあった。賑やかに話し合う友人たちの傍で、窓外に目を遣りながら、私は心重く沈んでいた。

米原駅で急行東京行に乗り換えた。汽車は満員で、友人たちに押し込んでもらってやっと乗車できた。戦争中は珍しいことではなかったが、東京まで立ったままであった。翌朝、東京駅に着き、その夜は深川の知人の家に泊めてもらった。すぐに解除になったが、その夜、警戒警報のサイレンが鳴った。米機の本格的な東京空襲が始まったのは、三月になってからである。

二月八日、集合場所の池袋駅前の広場で父と別れた。引率されて陸軍豫科士官学校の門をくぐった。同期生で入校前後の感激を回想記に書いておられる方がいるが、私には感激や喜びの記憶はない。感傷と重圧の中にいたように思う。同年四月一日、入校式が行われ、私は正式に陸軍豫科士官学校生徒になった。私たちは第六十一期生である。

当時は、どの道を進もうと、軍隊に入らなければならなかった時代であった。それなら、正規の将校になる道の陸軍豫科士官学校や海軍兵学校へと、平時なら高等学校（旧制）へ、次いで帝国大学へと進んだであろう優秀な生徒も、多数これらの軍関係の学校を受験した。戦時で採用人数は増えていたが難関であった。滋賀県からの陸軍豫科士官学校入校者は二十一名、彦根中学校からの入校者は十一名であった。

二月初めに陸軍豫科士官学校に入校しているので、中学校の卒業式には出席できなかった。卒業式には、「海行かば」（注）を斉唱させられたという。苛酷な時代であった。

注　海行かば水漬くかばね　山行かば草蒸すかばね　大君の辺にこそ死なめ　かえりみはせじ

2　陸軍豫科士官学校生徒として

入校と隊編成

昭和二十年（一九四五年）四月一日、入校式が行われ、私は陸軍豫科士官学校生徒となった。しかし、同年八月十五日に太平洋戦争は終わり、学校は廃校となり、八月末に生徒は全員復員した。入校式に先立ち、二月初めに仮入校しているので、私の陸軍豫科士官学校在校

陸軍豫科士官学校生徒舎前で（1945年）

期間は六か月余である。陸軍豫科士官学校は、埼玉県北足立郡朝霞町、現在の朝霞市にあり、校長は牟田口廉也中将であった。

陸軍豫科士官学校は中学校等からの採用者と全国に六校あった陸軍幼年学校卒業者を入校させ、卒業と同時に〈士官候補生〉に任じ、陸軍士官学校と陸軍航空士官学校に分けて進ませる制度になっていた。私は第六十一期生である。第六十期生は、一部が昭和二十年三月末に卒業して陸軍航空士官学校に、残りは七月末に卒業して陸軍士官学校に進んだ。第五十九期生は両校に在校中で、第五十八期生は卒業して陸軍少尉に任じられていた。

私たち第六十一期生は二十四中隊編成であった。外に対しては隊番号を隠し、第一中隊を「一誠隊」、第二中隊を「富士隊」、第三中隊を「三笠隊」というような隊名が使われた。中隊は区隊に分かれ、初め六区隊編成であったが、二区隊ずつ合併して、一・二区隊、三・四区隊、五・六区隊になった。私は第一中隊五・六区隊で、中隊長は光森勇雄中佐（第三十八期）、後に日高靖可少佐（第五十三期）、五・六区隊長は土肥勲大尉（第五十四期）で、土肥区隊長は当時二十四歳であられたと思う。

皇族は第一中隊に入られることになっており、三・四区隊に東久邇宮《ひがしくにのみや》俊彦王《としひこおう》が居られた。第一中隊は〈頭号中隊〉と呼ばれ、陸軍幼年学校の優等生や、私には関係ないが、中学校等からの成績優秀の採用者が集められ、また卒業の際、天皇陛下から〈恩賜〉の品を授与される成績優秀者は第一中隊から選ばれると言われていた。事実、この年の七月に卒業した第六十期の〈恩賜〉生徒は、私たちの寝室の〈指導生徒〉であった第一中隊の方であったし、私と同じ五・六区隊の広島幼年学校出身の鈴木光生君は入校当初から〈恩賜〉候補と言われていた。

私たち第六十一期生は全国の志願者（注）から選ばれた四一九一人、陸軍幼年学校卒業者八八七人、第六十期からの延期者六二人、計五一四〇人であった。

注　志願の資格年齢／大正十四年（一九二五年）四月二日より昭和四年（一九二九年）四月一日までに出生の者
志願者総数／約二十五万人（偕行社発行「偕行」平成九年五月号の記事より）

生徒舎

中隊ごとに生徒舎で起居した。生徒舎は木造二階建ての長い建物で、一階に中隊長室・区隊長室・兵器室・寝室（第六十一期生）等があり、二階に寝室（第六十期生）と自習室があった。寝室で起居するのであるが、各寝室には、第六十期生から選ばれた〈指導生徒〉が一名ずつ配属されていた。各寝室には二十数名が入ったように思う。寝室は通路を挟んで、両側が壇になっており、そこにマットが並べられた。寝具は毛布で、通路向きに頭を並べる。後ろの壁に棚があり、そこに定められた位置に、定められた物品を整然と置くことになっていた。一階の端に洗面所と厠《かわや》（便所）があった。

二階の自習室には二人が対面する形で机が並べられ、机上には本立てがあり、与えられた教科書・辞書・帳面等を規定通りに並べて置くことになっていた。インキ・ペン・筆等の整理方法もきめられていた。許可を得て、私は、書名は忘れたが持参した山田孝雄博士の著書を本立てに並べた。

東久邇宮俊彦王は〈殿下《でんか》〉とお呼びしていた。別に建てられている〈皇族舎〉で起居されたが、教育・訓練は私たちと同じで差はなかった。

生徒舎と離れて、食堂・浴場・医務室・生徒集会場等があった。服装は言うに及ばず、日常品も支給され、若干の手当もあったように思う。洗濯は洗濯工場があり、小物以外は自分でする必要がなかった。

〈寝台戦友〉のことなど

〈寝台戦友〉がきめられていた。助け合いながら、〈将校生徒〉としての心身を磨く寝室の二人組である。何回も替わったが、私はぼんやりであったから、区隊長は優秀なしっかりした生徒を寝台戦友につけてくださった。幼年学校出身者では鈴木光生君、滝野輝雄君、中学校等出身者では一木利夫君、岡田誠君、高井晋君である。広島幼年学校出身の鈴木光生君は入校時から〈恩賜〉候補と言われていたし、大阪幼年学校出身の滝野輝雄君も優秀な生徒であった。中学校等出身者はすべて私より年上であった。一木利夫君は中学校等からの陸軍豫科士官学校採用者の書類に「一木利夫ほか……名」と記載されていたようで、中学校等からの採用者の最優秀者であったと思われる。私より二つ年上で、兵庫県灘中学校出身であった。

幼年学校出身者は中学校等出身者に比べ数は少なかったが、区隊の核をなすような存在であった。軍隊生活に慣れ、行動は機敏、万事に要領がよく、術科も詳しかった。幼年学校で三年間教育を受けており、豫科士官学校に入校してもそれほどの苦労はなかったであろう。

幼年学校は中学一・二年生で入校するが、難関であり、優秀な生徒がそろっていた。同期生とは言え、少なくとも初めは、中学校等からの入校生を指導するような立場にあった。このような場合に、優越感から、相互の切磋琢磨《せっさたくま》の名のもとに、いじめに近いことが起こる。私たちの区隊にも、Mはじめ何人かの不愉快な人物がいた。寝室が同じでなかったのでよく知らないが、Mの最大の被害者は福井県出身のT君であったという。Mの復員後の進学等についてはよく知らないが、医師になり開業した。彼は患者にどのように接したであろうか。

生活

起床ラッパとともに六時に起床し、乾布摩擦・寝具整頓・洗面を行ったのち、六時一〇分に生徒舎前に整列し、区隊長による点呼を受ける。七時から七時四〇分までが朝食の時間であるが、食堂へ行くまでに、生徒舎前にある〈遥拝台〉で宮城遥拝と父母への挨拶をする。また〈雄健《おたけび》神社〉(注)に参拝する。朝食後五十分の自習時間がある。八時五〇分より約三時間、数学・物理・化学・国語・歴史等の学科の授業がある。

午後は区隊長による術科の教育・訓練である。体育・武術のこともある。夕食後食堂から生徒舎に戻る途中で、軍歌練習や号令の発声練習をする。就寝までの二〜三時間が自習時間である。この時間に日誌も書く。入浴時間は区隊で定められていたように思う。

点呼の後、九時四〇分に消灯となる。以上が日常の生活であるが、終日術科のこともあり、夜間演習もあった。深夜に〈非常呼集〉による訓練もあった。初めは週に一回、後に十日に一回の〈休養日〉があった。

午前中の授業のことはよく憶えていない。ただ、化学の授業で、中学校のときはよくわからなかった化学の基礎が少しわかるようになり、化学が好きになった。

術科は厳しい訓練の連続であった。実弾による射撃訓練もあった。射撃姿勢が悪いとよく注意されたが、射撃の命中率はよかった。引き金を引くときの緊張と、発射したときの肩への強い衝撃を憶えている。匍匐《ほふく》訓練・ガス訓練・夜間演習は辛かったが、馬術訓練は楽しかった。何日か続いて行われたと思う。馬の扱い方、乗馬法の授業を受けたのち、列をなして武蔵野を駆け巡るのである。

食事の質が日増しに悪くなっていった。腹を空《す》かしていた。腹一杯食べたいと思った。

わが家を発つ前に、私は小学校の恩師の吉田達《とおる》先生の所へ挨拶に行ったが、そのとき〈おはぎ〉をご馳走になった。当時、砂糖は配給制になっていて、いただいた〈おはぎ〉は、〈あん〉に砂糖があまり入っていなくて甘くなかった。挨拶から帰ると、母も〈おはぎ〉を作ってくれていた。配給の砂糖をこの日のために溜めてあったようで、砂糖をたっぷり使った甘くておいしい〈おはぎ〉であった。しかし、吉田先生のお宅で〈おはぎ〉をたくさんいただいて、母の作ってくれた〈おはぎ〉は少ししか食べられなかった。この〈おはぎ〉のことをよく思い出した。母の〈おはぎ〉を食べなかったことが悔やまれてならなかった。甘い〈おはぎ〉を食べたいと思った。腹一杯食べたいと思った。飢えていたのである。

私は子供の頃から漬け物が大好きであった。入校前のことである。母はおいしい漬け物を漬けているという評判のお家をあちこち訪ね、お願いして、漬け物をもらってきてくれた。どこのお家も、私の陸士入校を讃《たた》え、喜んで提供してくださったと言う。かくておいしい漬け物をたくさん食べて、郷里を発ったのであるが、陸軍豫科士官学校では、〈おはぎ〉のことを思い出しても、漬け物のことは全く思い出さなかった。何よりも腹の張るものを求めていたのである。

私の陸軍豫科士官学校在校中、母は毎日陰膳《かげぜん》を据えてくれていたようである。膳には漬け物が載っていたにちがいない。

注　卒業生の戦死者を祀る。

関東ロームのことなど

陸軍豫科士官学校は埼玉県北足立郡朝霞町、現在の朝霞市にあったが、校地は埼玉県と東京府にまたがっていた。武蔵野の一角である。冬は風が強く、黄色の土埃が舞い上がった。先が見えぬほど激しいときもあった。日誌に私はこの状態を〈黄塵万丈〉と書き記した。これ以外に表現できる言葉はないように思われた。

この辺りの土壌が〈関東ローム〉と言われる火山灰土壌であることは、戦後〈土壌学〉を専攻するようになって知った。中学校の地理で習ったかもしれないが、知らなかった。黄色の関東ロームの微細粒子が風で吹き上げられたのである。当時は軽い、粘りけのない変わった土だと思ったにすぎない。

農作業をする〈現地自活作業〉という課業があった。開墾したとき、下層に黄色の厚いローム層があった。演習場に防空壕を掘ったときも、黄色の厚いローム層があった。休養日に寝台戦友の高井晋君と成増《なります》陸軍飛行場へ見学に行ったとき、途中の〈切割《きりわり》〉で、黄色の厚いローム層の露頭を見た。

戦後、土壌学を専攻するようになって、特に四国西南部に分布する火山灰土壌〈音地《おんぢ》〉を研究対象に選ぶようになって、あのとき関東ロームをよく観察しておけばよかったと思ったりしたが、当時は土に興味をもったり、観察したりする心の余裕は全くなかった。

そして、間もなく終戦を迎え、終戦後大学に進み、土壌研究者になることなど、夢想だにしなかったのである。

東京空襲

米軍機、特にB29爆撃機による本土空襲が、昭和二十年（一九四五年）二月頃から激しくなった。三月十日と五月二十七日はそれぞれ、日露戦争における奉天占領、日本海海戦の勝利を記念する〈陸軍記念日〉〈海軍記念日〉であったが、この両記念日に東京は米機による激しい無差別の焼夷弾攻撃を受けた。本所・深川等の下町の大部分が焦土と化し、何十万という多数の死傷者が出た。

私たちは防空壕から、真っ赤に燃え盛《さか》る東京方面のすさまじい光景を見た。言葉では表すことができない光景であった。都市だけでない。稲の収穫期に田圃《たんぼ》に焼夷弾を撒かれたらたいへんなことになる。

真っ赤な東京方面を見ながら、無差別の焼夷弾攻撃を繰り返す米軍に対し、激しい怒りと憎悪を感じるとともに、大きな不安を感じた。

陸軍豫科士官学校被爆

昭和二十年（一九四五年）四月七日、昼間に陸軍豫科士官学校も米機による爆撃を受けた。生徒舎近くの防空壕に退避していたが、耳を裂くような音がして、周りが激しく揺れた。近くに爆弾が落ちたらしい。

非常呼集を受けた。私たちは円匙《えんぴ》（スコップ）を持って、被弾場所に急行し、生き埋め者の救出に当たった。元気な姿で掘り出された者もいたが、区隊長・文官教官・第六十期生徒十一名、合わせて十三名の犠牲者が出た。痛ましいことであった。

校内被弾後は、演習場に造った一人用の防空壕に避難することになった。夜間の退避は、暗闇の中で銃携帯の退避であるから、容易なことではなかった。退避時間が二〜三時間に及ぶこともあった。

第六十期生徒卒業式

昭和二十年（一九四五年）七月二十九日、第六十期生徒（注）の卒業式が挙行された。天皇陛下のご名代として李王垠《りおうぎん》殿下が、また陸軍大臣阿南惟幾《あなみこれちか》大将が臨席された。お名前は忘れたが、第一中隊生徒で、私たちの寝室の〈指導生徒〉であった方が成績優秀者として〈恩賜〉の品を受けられた。

式後、学校玄関前に整列し、李王垠殿下と阿南陸相をお見送りした。すぐ目の前をお二人は通られた。お二人とも、威厳とともに気品を備えた方であった。

李王垠殿下は八月六日、広島の原子爆弾でお亡くなりになり、阿南陸相は八月十五日、終戦の日に自刃された。衝撃的なご逝去であった。お二人の面影は長い間、私の瞼《まぶた》に残った。

第六十期生徒は士官候補生に任じられ、陸軍士官学校に入校した。

注　第六十期生の一部は昭和二十年三月二十三日に卒業し、陸軍航空士官学校に入校。卒業式には東久邇宮稔彦王殿下ご臨席。

長期野営演習の名目で疎開

昭和二十年（一九四五年）に入って、日本本土はB29爆撃機や艦載機による激しい空襲を受けた。空襲は大都市から地方都市に及び、米機の無差別焼夷弾攻撃により全国の都市部は焦土と化しつつあった。沖縄は米軍により占領され、〈本土決戦〉が叫ばれていた。

米軍は八月六日に広島に、八月九日に長崎に、原子爆弾を投下した。また八月九日、ソ連軍が満州国に侵入した。

このような極度に緊迫化した情勢の中で、私たち第六十一期生は、一部を朝霞の本校に残し、〈長期野営演習〉の名目で、群馬県の中之条《なかのじょう》と新鹿沢《しんかざわ》へ疎開することになった。出発に先立ち、銃剣の研磨を行った。臨戦の構えである。

八月十日夕刻、居残り組に送られ、完全軍装で陸軍豫科士官学校を出発した。乗車したのは赤羽駅《あかばね》であろう。車中は暗くされ、沿線は灯火管制下にあり、どこを通っているのか分からなかった。翌十一日早朝に中之条駅に着いた。私たち第一中隊は、川沿いの道を隊列を組んで、目的地の沢田《さわだ》国民学校に向かって行進した。背嚢《はいのう》を背負い、銃を担ぐ完全軍装であるから、行進はかなりきつかったと思われるが、何程の距離を行進したのか、何時頃、沢田国民学校に着いたのかなど、何も憶えていない。

沢田国民学校は、深い谷に架けられた橋を渡った山あいにあった。戦争を忘れてしまいそうな静かな所であった。蝉しぐれだけが激しかった。夜は涼しく、空襲に妨げられることもなく、よく眠ることができた。浴場がなかったので、谷川に下りて水浴をした。水は冷たく快かった。川原で気の合った仲間と語り合い、朝霞の本校では持ち得なかった、楽しい憩《いこ》いのひと時を過ごした。

終戦を迎えたのは、この学校に落ち着いてから四日後であった。

終戦の玉音放送

終戦の〈玉音放送〉は一階の広い部屋で聞いた。放送はよく聞きとれなかったが、戦争に負けたことは確かであった。大声をあげて泣く者がいた。すすり泣く者もいた。「忍び難きを忍び　耐え難きを耐え……」という天皇陛下のお言葉を拝しての感激の涙であったであろうか。戦争に負けた口惜しさの涙であったであろうか。

私はその時、日本はどうなるのか、私たちはどうなるのかと、不安な気持ちで呆然としていたように思う。涙は出なかった。家に帰れる、とわが家への思いが急に心に浮かび、慌《あわ》てて打ち消した。慟哭《どうこく》する同期生の傍で、嗚咽《おえつ》する同期生の傍で、自分が至らぬ人間のように思われた。

終戦直後、朝霞の本校では混乱があった。沢田でも生徒に動揺があったが、そのうちに平静を取り戻した。中隊長・区隊長の判断・指導が冷静・適切であったことによるが、戦争が実感できないような平和な山里に居たことにもよるであろう。日高中隊長が生徒を集め、「承詔必謹惟命是聴《しょうしょうひっきんただめいこれきかん》」と諭されたことが記憶にある。

終戦から二週間後に生徒全員が復員することになるが、この二週間の記憶は薄れている。復員の日を待ち焦《こが》れて気もそぞろであったのであろうか。

復員後の生き方についての訓話があった。内容は全く憶えていない。数人が組になって、近くの農家へ手伝いに行った。誰と行ったのか、どんな作業をしたのか、農家の人とどんな話をしたのかなど、全く思い出せない。復員後の進路希望についての調査があった。私がどのような希望を書いたかについても全く思い出せない。

無条件降伏をしたのだから、使うことは絶対にないにもかかわらず、重機関銃の術科訓練があった。区隊長は気の抜けてしまった生徒の心を引き締めようとされたのであろうか。区隊長自身の兵器に対する愛惜の気持ちが、そうさせたのであろうか。

復員を前に

復員を前に日誌等は焼却させられた。衣服・靴下・毛布が支給された。米も支給され靴下に詰めた。額は思い出せないが、お金も頂いた。製図用具等の学用品も頂いた。

復員の前日、土肥区隊長を囲んで、私たち区隊の〈別れの会〉が開かれた。最後に〈遠別離《おんべつり》〉（注）を歌い、十年後、再びこの地で会おうと、誓い合った。

私は全く忘れていたが、別れに際し、区隊全員で寄せ書きをしたようである。この寄せ書きは、土肥区隊長の奥様が大切に保管してくださっていたようで、昭和六十一年（一九八六年）、同じ区隊の生徒であった安永吉郎氏が各人のものをコピーして届けてくれた。

「牢固不抜　志士トシテヒタスラ忍苦ノ道ニ邁進シマス」。これが私の寄せ書きである。こんなことを書いたのかと、恥ずかしい思いもする。復員に際し、このような覚悟をもっていたとは考えられない。立派な志を書かねばと、言葉を探して書いたのであろう。当時のこと、その後の自分の歩んだ道を振り返って、深い感慨を覚える。


注（一）　程遠からぬ旅だにも　袂わかつは憂きものを　千重の波路を隔つべき　きょうの別れを如何にせん

（二）　われも益荒夫いたずらに　袖は濡らさじ　さはいえど　いざ勇ましく往けや君　往きて尽くせよ国のため

復員

八月二十九日と三十日の二組に分かれて、私たちは沢田国民学校を発った。私の出発は二十九日早朝であったと思う。帰心矢の如く、であったためか、中之条駅までトラックで運んでもらったような気がするが、出発時から乗車までのことを殆ど憶えていない。復員専用列車であったと思うが、乗車後の記憶も薄れている。

〈軽井沢〉という駅の表示と付近の風景、山地から長野の平地に入って、青い実を付けたリンゴ畑が散在していたことが記憶にある。糸魚川であったか直江津であったか定かでないが、北陸線に乗り換えた。車中は復員の兵隊で満員であった。誰もが毛布で包んだ大きな荷物を持っていた。関西方面に向かう復員専用列車であったと思う。

通路に荷物を置き、それに座っていたように思う。乗車の時間は長かったはずであるが、途中で食事をした記憶がない。車中で誰かと話をした記憶もない。木之本駅は通過してしまった。米原駅で下車し、あと戻りして木之本駅に着いた。〈復員証明書〉のようなものを駅員に渡したように思う。待合室には人はいなかった。打ち水がされていて、待合室はひんやりと涼しかった。

やっと郷里へ帰ってきた。わが家へ走って帰りたい衝動に駆られたが、人と顔を合わせたくなかった。大通りは通りたくなかった。なぜか恥ずかしかった。

復員後（1946年）

わが家の向かいの矢野さんの家の横に出る、細い裏道を走るように歩いた。矢野さんの家の横にさしかかった時、矢野のおばさんが私を見つけ、「あっ！　お帰り！」。おばさんは私の荷物を担ぐや小走りにわが家へ。「帰ってきたよ。ギッチャンが帰ってきた！」。家族のみならず、近所の人まで私のことを心配し、帰りを待ってくれていたのである。

誰かが勤めに出ていた姉と弟を呼びに行ってくれた。姉は貨物自動車会社に事務員として勤めていた。三歳違いの弟は、海軍飛行豫科練習生に採用され、自宅待機中に終戦を迎え、姉と同じ会社に勤めていた。トラックの燃料の薪を割る仕事であった。

復員後は田や畑の仕事を手伝ったりして、暫くのんびりと過ごした。終戦直後の食糧不足のときであったが、両親や姉が、痩《や》せこけて帰ってきた私に、やりくりして食べさせてくれた。私はよく食べ、よく寝て、漸次心身ともに充実した状態になっていった。体重も数か月で復員時の五十キロ以下から六十キロ近くまで回復した。

翌昭和二十一年（一九四六年）四月、私は海軍兵学校から復員した中学同窓の三橋泰三君とともに、名古屋工業専門学校（旧制・名古屋工業大学の前身）化学工業科に入学し、新たな人生の第一歩を踏み出した。

当時を顧みて

記憶は薄れているが、往時を憶うとき、深い感慨を覚える。

陸軍豫科士官学校の教育・訓練は厳しかった。米機の空襲で毎晩のように防空壕に退避しなければならず、睡眠が充分とれなかった。腹を空かしていた。心身ともに余裕のない毎日であった。私にとって終戦は、心身の抑圧や苦痛からの解放であったように思われる。

私たち第六十一期生は直接戦争に参加していない。もし戦争が継続され、〈本土決戦〉という事態になっていたならば、私たちは生徒のままで、あるいは部下を率いる長として、上陸した米軍と戦うことになったであろう。

戦死したかもしれない。部下を戦死させることになったかもしれない。敵軍の兵士を殺傷したであろう。本土決戦に突入することなく戦争が終結したことにより、自分をこのような苛酷な立場に置かなくてすんだ。終戦は自分自身のことだけ考えても、幸せなことであった。

戦争から解放され、〈滅私奉公〉から解放されて、私は新しい希望の未来に向かって、自由に羽ばたくことができるようになったのである。

同期生のことなど

〈五・六区隊生〉

滝野輝雄君は朝霞の本校における最後の寝台戦友であった。滝野君は、「吉川は心を開かない」と私に対する不満を幼年学校出身の仲間にこぼしていたようである。私は、心を開いて人に接することができない人間である。幼年学校出身者には、弱みを見せたくないと心に帳《とばり》をおろしていたと思われる。寝台戦友として滝野君は一生懸命尽くしてくれたであろうに、すまないことであった。

滝野君は、私たちが群馬の中之条に疎開したとき、朝霞の本校に残った組で、そのとき別れて以来、一度も会ったことがない。京都大学の『四明会名簿』で、彼が京都大学農学部水産学科の卒業生であることを知ったのは、昭和五十年代になってからである。彼の在学時、水産学科は舞鶴市に置かれていたので、同じ学部に学びながら分からなかったのである。滝野君は高知大学における私の同僚、畑幸彦先生・志水寛先生と同級である。

「五六会だより」（一九八六年）の近況報告欄に、「昭和二十六年に神戸税関に入り、昭和五十六年、門司税関下関支署長を最後に退官し、現在は福岡市にある二、三の会社の税関関係のコンサルタント的な仕事をしている」とあった。

寝台戦友になったことはないが、名古屋幼年学校出身の宮下創平君は優秀であるのみならず、尊敬と親しみをもてる生徒であった。彼は自由民主党の衆議院議員（長野県選出）として、防衛庁長官・環境庁長官・厚生大臣等の要職を歴任した。宮下君は防衛庁長官に就いたが、熊本幼年学校出身の古賀昭典君は自衛隊に入り、航空自衛隊の航空総隊司令官・空将になった。二人は、〈昔〉と繋がりがあるとも言える〈自衛隊〉で、トップの座に就いた。私たち同区隊生の中で異色の存在である。


終戦後六十年を越え、同区隊生とも疎遠になりつつあるが、寝台戦友であった一木利夫君（注）、高知県出身で弁護士（東京）の楠瀬正淳君、ぼんやり仲間で親しかった弁護士（横浜）の湯浅嘗二君らとは年賀状の遣り取りをしている。また内山泰孝君は農林水産省熱帯農業研究センターに在職中、昭和六十二年（一九八七年）秋、高知市で開かれた熱帯農学会に出席された。この再会を機に年賀状の遣り取りをしている。

注　（株）東芝シリコン社長・（財）アジア経営開発協力財団専務理事等を歴任。

〈五・六区隊会〉（五六会）

年に一回、元区隊長の土肥勲氏を囲む〈五・六区隊会〉、略して〈五六会〉が東京で開かれている。会員は出欠にかかわらず近況報告を提出し、在京の世話役が纏め、会の報告とともに近況集を各会員に送ってくれる。

私は昭和四十七年（一九七二年）八月に開催された、第一中隊の三・四区隊と五・六区隊の合同同期生会に出席しているが、その後は出席していなかった。平成八年（一九九六年）四月、職業能力開発短期大学校の校長会が東京で開催されることになった。世話役の清水泰吉君（注）がこれを知って、〈五六会〉の開催日を、私の出張日に合わせてくれた。それで私は、久しぶりに会に出席することができたのである。

出席者は土肥勲元区隊長と会員二十六名。土肥元区隊長にご挨拶するとともに、同区隊生と、ともに過ごした往事の思い出などを語り合った。楽しい会であった。土肥元区隊長は私について、次のようなことを言われた。「無口でおとなしい生徒であった」。将校生徒として気力を欠く心配な生徒であったということであろう。日誌には、それなりに勇ましいことを書いて、〈気骨稜々〉との評をいただいたこともあるが。

注　当時、（株）ハイウエイサービス・リサーチ代表取締役会長。富山県出身。在校中から親しかった。

〈追記〉 土肥元区隊長は平成二十二年（二〇一〇年）五月に逝去された。元生徒も老齢化が進み、死亡、病気などで出席者が減少したので、会は平成二十六年（二〇一四年）で最終とし、近況集の編集・配布のみを継続することになった。私は、最終の会に出席したが、出席者はなんと七名であった。

〈中学同窓の同期生〉

滋賀県立彦根中学校出身の陸軍豫科士官学校第六十一期生は十一名であるが、昭和十五年入学・二十年卒業の者は、私を含め八名である。

士官学校の私たちの先輩は最前線に出て、例えば、第五十三期生は一七一九名中約八〇〇名が、第五十六期生は二二九九名中約一一〇〇名が戦死されている。このような中で、私たち六十一期生は、戦争に直接参加することなく終戦を迎え、新たな夢を抱いて再スタートを切ることができた。まことに幸せなことであった。

表に、中学同級の八名の、復員後の進学と、昭和六十年（一九八五年）発行の『同期生名簿』記載の〈職業〉を示した。終戦直後の混乱期で、小林昭二君は進学しなかったが、実社会で優れた能力を発揮した。残念なことは、平野義隆君が道半ばにして逝ったことである。彼は大学卒業後、教職に就き、滋賀県立日野高校教頭で、現職のまま五十一歳の若さで逝去した。優秀で、温厚・誠実な人であった。早逝はまことに惜しまれる。

京大在学中、土曜日の帰省が彼と同じ列車になることが何回かあった。当時の混雑した交通事情で、車中で一緒になることはなかったが、能登川駅であったと思うが、プラットホームで、車中の私にいつも手を振ってくれた。そのときの彼の笑顔は忘れることができない。

中隊	氏名	進学（最終）	職業（昭和六十年）
1	吉川 義一	京都大学農学部	高知大学教授
6	金子 猛	名古屋大学法学部	（株）ホテルレイクビワ社長
6	中村 喜理雄	名古屋大学理学部	神戸商船大学教授
7	北川 豊吉	京都大学理学部	大阪市立大学教授
9	小林 昭二		（株）エリート社長
9	平野 義隆	京都大学文学部	（昭和五十三年十一月没）
21	筧 鎮郎	京都大学医学部	開業医（かけい診療所）
23	駒井 武司	大阪高等医学専門学校（大阪医科大学の前身）	開業医（駒井病院）

〈追記〉〈寝台戦友〉であった鈴木光生君は昭和六十三年一月に、岡田誠君と高井晋君は、平成十八・十九年頃に、滝野輝雄君は平成二十四年四月に、一木利夫君は平成二十四年五月に逝去された。私の〈寝台戦友〉は、すべてこの世の人でなくなった。

その他、回想記で触れた同区隊生では、古賀昭典君が平成二十二年三月に、宮下創平君が平成二十五年十月に逝去された。中学同窓の同期生では、北川豊吉君が平成十六年八月に、金子猛君が平成二十三年九月に、駒井武司君が平成二十九年二月に逝去された。同期生諸兄の、生前の元気なお姿を偲び、ご冥福をお祈りする。

〈多羅間俊彦氏について〉

元皇族の多羅間俊彦氏（東久邇宮俊彦王）は平成二十七年四月に逝去された。氏は、終戦直後の難局下、内閣総理大臣に就かれた東久邇宮稔彦王の第四子。学習院中等科から陸軍豫科士官学校に入校され、第一中隊第三・四区隊生となられた。終戦に際しては、皇族ということで、私たちとは違ったご苦労があったのではなかろうか。皇族離脱後、ブラジル・サンパウロ総領事多羅間鉄輔氏未亡人キヌ様の養子になられ、ブラジルに移住された。コーヒー園を経営する傍ら、ブラジル日本文化福祉協会副会長・ブラジル東京都友会名誉会長・日本学術振興会ブラジルサンパウロ現地法人会長などに就かれ、日系ブラジル人社会の発展、日本とブラジルの友好に大きな貢献をされた。逝去は新聞記事で知った。ご冥福をお祈りする。

3　戦後の学生生活

【名古屋での学生生活】

名古屋工業専門学校入学

終戦の翌年、昭和二十一年（一九四六年）三月、海軍兵学校から復員した中学同窓の三橋泰三君と名古屋工業専門学校（旧制・現　名古屋工業大学）化学工業科を受験した。二十七倍の高倍率であった。二人とも合格したが、四月の入学式直前に、占領軍総司令部の指令と思われるが、軍関係の学校からの復員者は、入学者の一割を越えてはならないということで、入学にストップがかかった。進学の道が閉ざされ、暗澹とした日を過ごしていたが、在校期間一年未満の者は対象外ということになり、七月になってようやく入学が許された。化学工業科四十名のうち、半数は軍関係の学校からの復員者であった。

下宿生活

名古屋市は空襲で大きな被害を受け、市内は瓦礫《がれき》の山であったが、三橋君の家の知人の世話で、二人は幸運にも名古屋駅近くの前島育太郎さんの家に下宿させていただくことになった。駅近くの一角は戦災を免れていたのである。二階に八畳と、四畳半が二間あり、この四畳半を一間ずつお借りすることができたのである。間代については思い出せない。終戦直後は、特に大都市では治安が乱れ、強盗などによる被害も頻発していたから、用心棒代わりに、無料で貸していただいたのかもしれない。親切にしていただいて、卒業迄の三年間、お世話になった。

前島さんは製粉機を置いて、小麦・豆等を料金をとって製粉する仕事をしておられた。当時は食糧が極端に不足していて、大都会では配給の米が遅配になったり欠配になったりした。田舎に買い出しに行って、米・麦・豆等を着物などと交換してもらったり、ヤミ市で買ったりして食いつなぐという、今では想像できないような厳しい食糧事情であった。それで、製粉の仕事は繁盛していたのである。

名古屋はこのような状態であったから、市への転入制限があり、名古屋に住居を移して米等の配給を受けることができなかった。それで、週末に帰省して、一週間分の食糧を下宿に運び、自炊した。北陸線・東海道線と乗り継いで、名古屋まで三時間かかった。駅や車中で、米等の統制品に対する警官による摘発が時々あった。信じられないようなことであるが、切り干し大根まで統制品であった。運んで来た米を没収されるのではないかと、随分心配したが、学生は見逃してくれたようである。前島さんの家には、業務用の電気がきていたので、電熱器を使わせていただいて自炊した。

授業

名古屋工業専門学校は空襲で焼け、建物も施設・設備も殆どないという、ひどい状態であった。私たちは、焼け残った鉄筋の建物で授業を受けた。二年になって、木造の応急的な実験室ができ、実験も少しはあったが、講義が中心の授業であった。数学・物理・化学の基礎科目のほか、無機・有機製造化学・食品化学工業等の専門の授業があった。講義のレベルは高かったと思う。ただ語学の授業時間数が少なく、英語は三年間、週二時間の通年授業があったが、ドイツ語は週二時間で一年間あっただけであった。

まじめに授業を受けたが、専門の授業の中では、食品化学工業・染料化学・油脂化学・肥料製造学などに興味をもった。

当時、朝倉書店より「農芸化学全書」の発刊が企画され、その一部が発行され始めていた。たまたま、その分冊『生物化学』（鈴木文助著）を書店で見つけて購入した。学校の近く、鶴舞駅近くの焼け跡に新しくできた書店であった。この本を読んでいくうち、農芸化学あるいは生物系の化学に対する興味が大きく膨らんだ。農芸化学が工業化学より、ずっと奥深い魅力的な学問分野であるように思われた。また、わが家の〈農村振興団〉（注）との係わりから、農芸化学は私にとって身近な、入り易い学問分野のように思われてきた。私は次第に、大学に進み、農芸化学を勉強したいと思うようになった。

注　滋賀県立伊香農学校の卒業生と教員で組織され、卒業生と学校が密に連携して、地域の農業を振興しようとする団体。団長は伊香農学校長。父は戦前、この団体の農産物販売斡旋所に勤務。

大学受験準備

六（義務）・五・三・三制の旧学制時代に、農学部を置く国立大学は、北海道・東北・東京・京都・九州の五大学だけであった。これらの大学が帝国大学と呼ばれていた時代には、大学豫科を置く北海道帝国大学は別として、高等学校（旧制）卒業者優先で、高等学校卒業者で定員が満たされない場合にのみ、専門学校（旧制）卒業生を受け入れる制度になっていた。

しかし終戦後は、教育の機会均等から、専門学校卒業者、陸軍士官学校・海軍兵学校等の軍関係の学校卒業者も、高等学校卒業者と同等の資格で受験できるようになった。またそれまで受け入れられていなかった女子専門学校（旧制）の卒業生にも、同等の受験資格が与えられた。

門は広く開かれたが、入学は難しくなった。合格は容易でないと思われたが、私は京都大学農学部農林化学科を受験することを決意した。

専門学校であるから、卒業生は殆どが就職し、進学する人は少ない。名古屋大学工学部（旧制）や東京工業大学（旧制）に進学する人が時々いたが、農学部への進学者は殆どない。高等学校では大学の内容や入学試験に関する資料があり、情報も入るであろう。しかし工業専門学校には、大学、特に農学部についての資料はない。旧学制時代には、高等学校や専門学校を受験する中学生を対象にした、旺文社の「蛍雪時代」のような受験雑誌があったが、大学志望者を対象にした受験雑誌はなかった。大学の入学試験が今のように新聞等で大きく採り上げられることもなかった。

京都大学農学部の受験科目が数学、物理学、化学、植物学・動物学、外国語（英語またはドイツ語）であることがやっとわかった。専門の授業を受けながら、自分流に受験のための勉強を開始したのである。

数学は、著者名は忘れたが、授業の中で先生が推薦された「わかる微分学」と「わかる積分学」を、物理学は授業で教科書として使っていた「物理学（吉田）」を、化学は「無機化学概要（柴田）」「理論有機化学（亀高）」「化学通論（青木）」等を、授業になかった植物学・動物学は、たまたま書店で見つけた慈恵医科大学豫科で使われていた教科書を用いて勉強した。

英語は、三年のときの教科書、スティーヴンソンの「The Strange Case of Dr.Jekyll and Mr.Hyde」（ジーキル博士とハイド氏）と、英文毎日、特に当時連載されていたチャーチルの「Memories of The 2nd War」を精読することにより勉強した。

名古屋駅とその周辺

一、二年生の頃である。今では想像できないようなひどい時代であった。特に困ったのは、夜の電気である。電力不足による供給制限で、二、三十分ごとに停電があり、勉強が中断されてしまうのであった。それで、やむなく夜は名古屋駅へ行き、切符売場のところで本を開いて勉強した。冬は駅の中も寒かった。ガラス越しの駅員室では、こうこうと輝く電灯の下で、駅員が真っ赤な電熱器に手をかざして暖をとっていた。

官公庁労働者を中心に計画された〈二・一ゼネスト〉が、占領軍総司令部の命令で中止させられた、労働運動史上有名な事件が起こったのもこの頃である。真っ赤な電熱器に手をかざし、暖をとっている国鉄職員を見ていた私には、国鉄職員は恵まれた存在にしか思えなかった。

駅で周りが騒がしくなり、やむなく〈名鉄〉の乗り場へ行く通路の電灯の下で本を開いていたときである。通りかかった男の人が声をかけて励ましてくださった。そしてパンを一個くださった。食糧事情が極めて厳しかった終戦直後のことである。パンは材料の小麦をもっていかなければ、売ってもらえなかった。お顔は忘れてしまったが、このときのことはよく思い出して感謝している。

名古屋駅裏ではヤミ市ができて賑わっていた。駅付近でヤミの女も出没したようである。駅裏で、検挙されて交番に連行される女性を見たことがある。しょんぼりしているその女性に、「どうして大切なものを……」と、警官が感に耐えないように話しかけているのを聞いた。その傍を通りつつ、言いようのない悲しみ、憤り、痛みを感じた。

「Death by hanging」という東京裁判のA級戦犯判決のラジオ放送を耳にしたのも、わが家から持ってきた重い食糧の包みを提げ、名古屋駅から下宿に向かう途中であった。

復興資金募集のことなど

私が名古屋工業専門学校（略称　名古屋工専・名工専）に在学した昭和二十一年〜二十四年（一九四六年〜四九年）は、敗戦国日本が廃墟からの復興と民主主義への新たなスタートを切った時期であった。主権在民の新憲法の公布と施行、六・三・三・四の新学制の発足、婦人参政権を認めた新選挙法の制定など、わが国は民主化への大きな変革の中にあった。

政治運動、労働運動も活発化し、全国の学園にも政治運動が盛んになりつつあった。名古屋工専でも、共産党員の学生（名工専共産党細胞）が活動し、正門の所で演説したり、呼び掛けたり、立て看板をたてたりしていた。級友のN君も〈共産党細胞〉で、正門の所でよく演説していた。しかし大部分の学生の関心は、政治よりも、母校の復興と学制改革に伴う母校の将来に向いていたと思われる。

新学制の発足に伴い、全国の高等学校・専門学校（いずれも旧制）の新制大学昇格が大きな問題になっていた。一県一大学という文部省の方針に則り、名古屋大学長から名古屋工専校長に対して、名古屋大学への合併が勧誘されたという。名古屋工業専門学校は明治三十八年（一九〇五年）に、名古屋高等工業学校として設立され、明治・大正・昭和にかけて、優秀な人材をわが国産業界に送り出してきた学校である。名古屋大学よりも設立は古い。合併でなく、単独で大学に昇格すべきだという声が、教職員のみならず学生の間でも起こった。卒業生も同じであったであろう。しかし、戦災で校舎も設備も失った状態では、単独の大学昇格は不可能である。文部省からも、この点について厳しい指摘があったという。

昭和二十二年（一九四七年）、二年生のときである。学生大会が開かれ、「名工専復興期成同盟」の結成が決議され、夏休み期間中に学生一人当たり、三千円を目標に復興資金を獲得することになった。

私たち化学工業科はグループ分けして、会社・学校等に募金にまわった。私は何人かと、愛知県立昭和中学校へ行ったことを憶えている。どれだけ集まったか忘れてしまったが、中学生から金を貰うべきでないと、その時、随分気がとがめたことが記憶にある。

その頃、手に入り難かった生活物質、例えば石鹸、甘味料ズルチン等の製造販売、ラジオの組み立て・修理等の、専門技術を活かした活動、映画会・音楽会の開催等、資金獲得の手段は様々であったが、学生だけで総額二百万円を越える資金を集めた。公務員の初任給が千円に満たぬ時代である。仕事がなく、失業者があふれていた時代である。すごいとしか言いようのない、情熱と実行力であった。この資金により木造本館が建築され、学校に寄付された。これを機に、文部省からも建設基金が出て、大学昇格の道が開かれたと言う。

私は京都大学進学を考え、受験準備を始めた頃で、募金活動に時間をとられたくなかった。母が着物を売って、金を作ってくれた。そして目標額に近い金を復興資金として納めた。母の着物は、生活と学資のため、その頃なくなってしまったと思う。

名古屋には国立の高等学校・専門学校として、名古屋工業専門学校のほか、第八高等学校と名古屋経済専門学校があったが、両校は旧制名古屋大学と合併し、新制名古屋大学が設立された。名古屋工業専門学校は愛知県立工業専門学校と合併して、新制名古屋工業大学として発足した。

読書や映画鑑賞のことなど

名古屋の三年間は、向学心に燃えるとともに、優れた文学や芸術に触れたいという気持ちが勃々と湧き、心に満ちた時代であった。漱石・鴎外・藤村などの明治から昭和にかけての日本文学、特に藤村の作品をよく読んだ。外国文学では、トルストイの『復活』・ドストエフスキーの『罪と罰』・ジッドの『田園交響楽』などを読んだ。優れた作品に触れて、感動し、喜びを感じた。

読んだ本は、友人や知人から借りたり、書店で購入したものであるが、購入した本は、その後、金に窮して殆どを手放さざるをえなかった。当時購入した本で、私の書棚に残っているのは、金田一京助著『北の人』と河上肇の詩集『旅人』の二冊のみである。何れも、終戦の翌年に出版されたもので、価格はそれぞれ五円、十五円であった。紙は赤茶けているが、私の大切な蔵書である。

二年生のときである。母が名古屋に来て、二人で〈名古屋宝塚劇場〉(名宝)で、映画「今ひとたびの」を観た。名古屋は戦災で、至るところ瓦礫《がれき》の山であったが、〈広小路通り〉の〈名宝〉は、焼けずに残っていたのである。母は七人の子供を抱え、日々身を粉にして働いていた。娯楽に全く無縁の人であったが、何かで金《かね》が手に入り、急に思い立って名古屋に来たと思われる。

映画を観ながら、母はしきりに涙を拭いた。隣席の私はきまりの悪い思いをしたが、今では懐かしい母の思い出である。映画の後で、灰田勝彦・晴彦のハワイアンの演奏と〈ライラックシスターズ〉の歌があった。母と一緒に映画を観たのは、このときだけである。母子にとって楽しく幸せなひと時であった。

〈大須〉の映画館で、映画「われ泣きぬれて」を観た。館内で特報として、鳩山一郎氏の〈公職追放〉が放送された。この映画を観てから、啄木の詩集にも親しむようになった。

講演会にもよく足を運んだ。名古屋大学医学部の講堂で開催された〈新憲法〉に関する講演会、入会していた〈早蕨《さわらび》会〉主催の亀井勝一郎氏の講演などが記憶にある。亀井氏の講演の題目や内容について、今全く思い出せないが、知的な氏の風貌とソフトな語り口が印象に残っている。

病気のことなど

三年生になった昭和二十三年（一九四八年）の六月頃であった。全身から力が抜けてしまったようなだるさを感じた。名古屋市中村保健所で診てもらったところ、肺浸潤の初期ということで、休学を勧められた。夏休みも近いので、休学届を出さずに、郷里木之本へ帰った。長浜保健所で再診を受け、自宅で大学受験の勉強をしながら療養に努めた。木之本保健所から粉ミルク等の栄養食品が届いた。小学校・彦根中学校同窓の前川義隆君が金沢医科大学附属薬学専門部を出て、木之本保健所に勤めていた。私の病気を知って、特別の配慮をしてくれたのである。

わが家では、やりくりして栄養のあるものを食べさせてもらった。〇〇が釣れました、〇〇が手に入りましたなどと、近所の人や知り合いの人が心配して、心のこもった品を届けてくださった。病院での診療は受けなかったが、快復は早く、秋には復学することができた。その頃は、停電が続くようなこともなくなり、名古屋駅まで出掛ける必要はなくなっていた。勉強に打ち込むことができた。

卒業と京都大学受験

昭和二十四年（一九四九年）三月、私は名古屋工業専門学校化学工業科を卒業し、京都大学農学部農林化学科を受験した。卒業式には受験と重なって出席できなかった。卒業証書は三橋君が預かってくれていた。

受験に際し、ホテルや旅館に泊まる経済的余裕はない。縁者に東山の智積院《ちじゃくいん》で働いている人がいた。寺の境内にある小さな家に住み、境内の掃除などをしている人で、独身の変わり者のおじいさんであった。お頼みして泊めていただいた。このおじいさんは無精《ぶしょう》な人で、部屋は散らかし放題、夜になるとネズミが布団の上を走りぬけ、食べ物を入れた戸棚の戸を体当たりで開けるという、すさまじい状態であった。殆ど眠ることができなかった。受験のコンディションとしては最悪であった。

私は中学生の頃、数学を問題集で勉強するとき、簡単に解けた問題にはレ印、苦労したが解けた問題には△印、解けなかったが解答を見て理解できた問題には〇印、解答を見ても理解できなかった問題には◎印を付け、△がレに、◎が〇に、さらに△、レにと全問がレ印になることを目標に、繰り返し勉強する方法を採った。大学受験準備に使った「わかる微分学」「わかる積分学」についても、同様の勉強法を採った。

数学の試験が始まる前の休憩時間に、私は「わかる微分学」と「わかる積分学」をペラペラめくって、問題につけた印をみて、苦労した難問に目を通した。試験開始のベルが鳴った。問題紙をみると、なんと休憩時間に目を通した微分の問題が一問そのまま出ているではないか！

五問であったが、ボォーとしていた頭は急に冴《さ》え、その一問をさっと片付け、極めて落ち着いた状態で他の問題に当たることができた。全問を解答することができ、綿密に数回も見直す余裕があった。

物理学と植物学・動物学のできはあまりよくなかったように思われたが、化学と英語は自信があった。化学は準備する必要がなかったぐらい易しかった。英語には水素結合に関する専門的な問題文があったことを記憶している。

農林化学科（定員三十五名）は六倍を越える高倍率であった。自信はあったが、農学部玄関前の合格者発表掲示で三八番という合格番号を見つけたときの嬉しさは忘れることができない。

合格者は三十八名で、うち専門学校出身者は五名、陸軍士官学校出身者一名であった。高等学校出身者は三十二名で、第三高等学校出身者が七名で、最も多かった。女子の受験者もいたが、合格者はいなかった。

【京都での学生生活】

京都大学農学部入学

昭和二十四年（一九四九年）四月、私は京都大学農学部農林化学科に入学した。入学式は時計台のある本館二階の講堂で行われた。壇上の席に名誉教授の先生が着席され、厳かに晴れやかに入学式が挙行された。入学に当たっての誓書に筆で署名した。鳥養利三郎総長の告示があった。最高学府京都大学に入学を許されて、幸福感と喜びに浸った。式場で、彦根中学校同窓で経済学部に入った福永愛次君、医学部に入った森和夫君に会った。

岩倉の大雲寺に下宿

京都市左京区岩倉町の大雲寺《だいうんじ》に下宿した。岩倉は、私が入学した四月に京都市に編入されたが、それまでは岩倉村であった。現在は洛北の住宅地として知られているが、当時は鄙《ひな》びた農村集落であった。実相院《じっそういん》や岩倉具視公隠棲地跡等があり、また精神科の大病院〈岩倉病院〉があることでも知られていた。

大雲寺は実相院に隣接した寺で、天禄二年（九七一年）に創建され、円融天皇によって勅願寺と定められた由緒ある寺である。本尊は行基作の「十一面観音」で、境内には天安二年（八五八年）の銘のある国宝の梵鐘《ぼんしょう》があった。

実相院の住職がこの寺の住職を兼ねていたが、縁者で中島末《すえ》さんというおばあさんが留守番の形で住んでおられた。お頼みして、末さん管轄の部屋に、電気料百円を払うだけで住まわせてもらった。板の間で、おばあさんの箪笥《たんす》などが置かれていた。私は本堂扉の朝晩の開閉、薪割り、風呂焚き、買物、ヤミ米の買い入れなど、またおばあさんの話し相手になって、おばあさんに報いた。

夏はムカデや蛇に悩まされたが、冬になると、みごとな尾の狐が子狐を何匹も連れて姿を現した。ケンケンとよく鳴いていた。寒い冬は、本堂の縁の下を住処《すみか》にしていたようである。

大雲寺の境内の隣に冷泉天皇の皇后の陵、近くに実相院宮の墓がある。休日には辺りを散歩したり、実相院宮墓の石段に腰掛けて本を読んだりした。末さんの好意で、また末さんに気に入られて、私はすばらしい環境で学生時代を送らせていただいた。

今は、岩倉は市街化しバスの便もあるが、当時は京福電鉄鞍馬線だけであった。大雲寺から岩倉駅まで、歩いて十五分はかかったと思う。終点の〈出町柳《でまちやなぎ》〉の一つ手前の〈元田中《もとたなか》〉で下車し、歩いて農学部へ通った。

生活・アルバイトなど

名古屋工専時代は母の着物などで何とか学資の工面をしてもらえたが、京都大学入学後は、わが家は私に学資を支弁できるような余裕は全くなくなっていた。学資どころか、毎日の暮らしができかねるような困窮状態に陥っていた。入学当初から金に追われた。育英資金も当時は、両親が揃っているような条件では許可されなかった。アルバイトはしたくても、仕事そのものがなかった。家庭教師のような仕事は言うに及ばず、肉体労働の仕事も容易に見つからなかった。終戦から数年、復興の兆しが見え始めていたとはいえ、なお厳しい時代であった。

北門の傍に〈学生援護会〉のアルバイト斡旋所《あっせんしょ》があった。外部から求人があると掲示し、学生に仕事を斡旋するのである。求人がそうある訳ではない。何時あるかもわからない。午前中は講義、午後は実験の、私たち理科系の者はそこに待機しているわけにはいかなかった。たむろして待機している法・経・文等の文科系の学生に仕事をとられてしまうことが多かった。それでもせっせと通って、運よくアルバイトが見つかることがあった。

上御霊《かみみたま》神社の祭りの行列で、太鼓を担ぐ人夫に雇われたことがあった。烏帽子《えぼし》を冠り、衣装を着けて、見物人の中を練り歩くので恥ずかしい思いをしたが、日当はよかった。法学部の学生と鞍馬口の自転車屋さんの家の大掃除に雇われたことがあった。かわいい娘さんがいた。日当のほかにリンゴを頂いた。

大学構内の排水溝清掃のアルバイトに運よく当たったことがあった。地下に埋められた直径二メートルぐらいの排水溝中の堆積物を除去する仕事であった。マンホールから泥だらけの顔を出した途端、たまたま傍を通りかかった彦根中学校同級で経済学部の津田清弘君とぱったり顔を合わし、バツの悪い思いをした。今では懐かしい思い出である。約二週間継続の仕事で、授業は休まなければならなかったが、随分と助かった。貰った賃金の一部で、『京都大学農芸化学実験書』三巻を買った。この実験書は改訂を重ねて、全国各大学で長年利用された。三巻で六百円であった。

二年生の夏休みに郷里で道路測量のアルバイトをした。地方事務所に仕事はないかと頼みに行ったところ、夏休み中雇ってくださった。所長さんが仕事をわざわざ作って雇ってくださったようである。道路測量の仕事であった。わが家は当時高校に二人、中学校に一人、小学校に二人が在学しており、家計は火の車であった。アルバイトで稼いだ金を自分の学資にするわけにもいかず、大部分を父に渡した。

学業をそのまま続けることは困難と思われた。学制改革でできた新制高校で講師の職があると聞いていたので、休学して高校講師をして学資を稼ごうか、などと思い悩みながら、大学に顔を出した。なんと、私は育英資金貸与許可者になっているではないか！　なんと幸運なことか。跳び上がりたいような気持ちであった。六月からの貸与で、四か月分をまとめて頂いた。私は三か月分を父に渡し、残りで先ず実験衣（白衣）を買った。実験衣を着ずに実験していたのは、クラスで私だけであった。やっと化学専攻の学生になったような気がして嬉しく、真っ新《まさら》の実験衣を着て、私は大学構内を歩き回った。

当時、育英資金の貸与額は月額二千百円であった。電気代を月百円払うだけであるから、月千円の足しがあれば生活できた。帰省時に配給で足りない分の米をもらってきて、アルバイトを時々すれば何とかやっていけた。授業料は年額三千六百円で、前・後期二期に分けて納める制度であった。授業料も二年生後期から免除を受けることができた。二年生の前期は、クラス主任の川口桂三郎教授にお世話いただいて、〈学生援護会〉から借りて納めた。寄付金で運用されていたようで、卒業後一年以内に返還するという約束で借りることができたのである。このように、厳しい生活条件であったが、私は幸運に恵まれて学業を続けることができた。

授業

旧制大学では一般教養の授業はなく、一・二年次に専門の授業を受け、三年次は各専攻に分かれて卒業論文作成のための実験・研究をする制度になっていた。一・二年次は、午前中は講義、午後は〈無機化学実験〉から始まる、各講座担当の基礎実験であった。

当時の講義は、現在のように教科書的なものはなく、先生が講述され、学生はそれをノートに筆記するのが一般的な講義の形式であった。

近藤金助教授の〈栄養化学〉の講義は迫力があった。先生は立派なご体格で、お顔も威厳があった。一節一節区切って、力を入れて講述されるのであった。私は近眼であったが、当時眼鏡をかけていなかったので（買えなかった）、一番前の席をとって講義を受けていた。先生が力を入れられる度に、唾が飛んできた。ビタミンB_1の講義で、「アンチベリベリファクター（抗脚気性因子）である」と講述されたときの、〈ベリベリ〉の所の唾しぶきが、いちばんひどかったように思う。

武居三吉教授から〈有機化学〉と〈農薬化学〉の講義を受けた。先生は〈ロテノン〉の構造決定で〈学士院恩賜賞〉を受賞された著名な学者であったが、端然としたお姿でも目立っておられた。きれいに手入れした髭をたくわえ、髪は六・四に整然と分け、折り目のついた純白の実験衣をいつも着ておられた。〈有機化学実験〉は中島稔助教授の担当であったが、時々、武居先生が実験室に来て指導された。実験台の清掃、器具の整頓を厳しく指導された。安全のためばかりでなく、もし誤って合成物の溶液を台上にこぼしても、台がきれいであれば、放置しておくと、きれいな結晶として回収できると諭された。

井上吉之教授の〈生物化学〉は興味深く受講したが、先生が講義の間に挟まれる雑談がおもしろかった。殆ど忘れてしまったが、次の話は、そのとき受けたショックのためか、記憶にある。医学部構内への警官導入問題で学内が揺れ、抗議のハンガーストライキが行われていたときのことである。「ハンガーストライキをやっている者に、夜こっそりとパンが届けられている。事実をはっきり見なければならない」というような話であった。先生は当時、京都大学学生部長であった。

三井哲夫助教授の〈農産製造学〉は、茶・タバコの製造法から始まったが、茶葉の旨味成分がテアミンであること、〈お茶〉をそのまま放置しておくと、メチルアミンという有毒物質が生成すること、玉露は一針二葉を採取して作られることなど、生活に係わる、身近に感じられる学問で、興味深く聞いた。講義の一環として、クラス全員を宇治の府立茶業試験場と製茶工場の見学に連れていってくださった。

先生はガラス細工の名手で、数々の有機微量分析装置を開発されたと聞いていた。先生は、後に日本分析化学会の会長も務められた。

片桐英郎教授の〈発酵生理学〉は、先生の板書についていけず、ノートをとるのに苦労した。試験問題の一つがTCAサイクルであったことが記憶にある。

川口桂三郎教授の〈土壌学〉や奥田東教授の〈肥料学〉の講義は、あまり興味がもてなかったが、卒業して高知大学に赴任してからは、専門が土壌肥料学となり、両先生、特に川口先生にご指導をいただくことになる。川口先生は当時、三十五歳か三十六歳、農林化学科で、おそらく農学部で最も若い教授であられたと思う。

〈物理化学〉の講義は、当時、高槻市にあった京都大学附属化学研究所の上田静男助教授から受けた。講義内容は、私が名古屋工専時代に千谷利三著「物理化学」や槌田龍太郎著「化学外論 上」で勉強してきた内容を越えるものでなかったので、上田先生には申し訳ないが、少々がっかりしたことを記憶している。

〈無機化学〉と〈分析化学〉の講義は、理学部化学科の先生から講義を受けた。〈無機化学〉は若い先生であったが、お名前は忘れてしまった。試験が難しく、成績不良の十人ほどが、先生の研究室へ「何とか……」と頼みに行った。私はこれに便乗して、78点を80点にしてもらい、〈優〉の成績をもらった。

〈分析化学〉は石橋雅義教授から講義を受けたが、先生は当時、理学部長でお忙しく、講義室にお見えになるのはいつも授業時間が半分以上過ぎた頃であった。「遅くなってすまなかった」とおっしゃって、講義が始まるのであるが、いつの間にか、ご自身の留学の時の話などになってしまうのであった。先生は分析化学に関する専門書を何冊も出されており、時間の終わりに、私の本の何ページに書いてあるから勉強しておくようにと、自分の著書を紹介されて講義は終わった。

講義はこのように先生の個性が表れていたが、出席を採られる先生は一人もおられなかった。講義をまじめに受けることは大事であるが、何よりも〈自ら学ぶ〉ことが大事だとお考えのように思われたし、学生もそのように自覚していたと思う。

講義のほか、一・二年次に月曜から金曜の午後に行われた、各講座担当の実験が必須科目であった。いずれもまじめに受けた。

試験

試験は年一回であった。試験に際し、各科目の一年分を勉強しなければならないので、たいへんであった。こんなことがあった。二年生のとき、私は選択科目であった奥田東教授の〈農業細菌学〉を受講した。試験は試験期間の最後の日であった。連日徹夜というわけでもなかったが、連日の詰め込みの疲れで、頭の活動が停止し、睡魔に襲われ出した。仕方がないので、試験を放棄して出ようとした。
奥田先生「どうしたのか?」
吉川「連日の徹夜で頭がボーとして、何も出てきませんので……」
奥田先生「何時ならよい? 君のよいときに再試験をしてやる」
かくて私は一人だけ、頭の機能が回復した何日か後に試験を受けさせてもらった。そして、〈優〉の評価を頂いた。奥田先生は後に、京都大学総長になられた。この寛容さ、包容力の大きさで、京都大学を襲った大学紛争の中で、見事な力量を発揮されたのだと思う。

栄養化学専攻と卒業論文

三年生になって、私は専攻に、近藤金助教授が講座を担当されていた〈栄養化学〉を選んだ。栄養化学講座の助教授は、後に文化勲章の受章者となられる満田久輝先生であった。〈栄養化学〉を専攻したのは、私と新潟高校出身の池栄一君、松山高校出身の小林昭君、第三高校出身の長谷川喜代三君、山口高校出身の守田満明君（高校は何れも旧制）の五名であった。

分属が決まって間もなく、五人は順番に教授室に伺い、近藤先生にご挨拶して、卒業論文についてのご指示を受けた。

「君は何に興味をもっているかね?」

「蛋白質・アミノ酸について勉強したいと思います」

「うん……それじゃトレオニンについてやりたまえ」

かくて私は、必須アミノ酸の一つトレオニンについて何かをやることになった。池君と小林君は、米・鶏卵・ウズラ卵から単離され研究室に保存されている各種蛋白質のアミノ酸組成を調べる研究であった。最新の分析法としてペーパークロマトグラフィが導入されて間のない頃であった。助手の佐々岡啓先生（注1）がこの方法を駆使して、種々の蛋白質のアミノ酸組成に関する研究をしておられたので、両君の研究は佐々岡先生に指導を受ければできる、比較的楽なテーマであった。

長谷川君のテーマは「グルタミンについて」、守田君のテーマは「メチオニンについて」であった。助教授の満田先生から、長谷川・守田・吉川の三人は、蛋白質から、これらのアミド・アミノ酸を単離することから始めたらよかろう、というご指導を受けた。それで、守田君と私は、牛乳からカゼインを単離し、カゼインからメチオニン・トレオニンを単離する実験を開始した。牛乳は農場から提供してもらった。

これらのアミド・アミノ酸の栄養化学的研究を行うためには純物質が必要である。先ず純物質を、というお考えで、満田先生は単離をご指示くださったのではなかろうか。当時、トレオニンの純品は、一グラムで万単位の高価な試薬であった。私が卒業して高知大学助手に発令されたときの初任給が六千九百円（月額）であったから、トレオニンは特に高価な試薬であった。

今から考えれば、各種材料から分離精製した蛋白質について、アミノ酸組成を調べ、どの蛋白質にトレオニンが多いかを調べることから始めたらよかったと思う。アメリカの雑誌で、ニンヒドリンで発色させた濾紙上のスポットの濃淡を光学的な手法で測定し、蛋白質のアミノ酸組成を半定量する論文を見つけていたので、このような実験を展開してもよかったと思う。単離までしなくても、必須アミノ酸〈トレオニン〉に焦点を当てた、分離した各種蛋白質の比較研究でもよかったのではなかろうか。

雑誌室に籠ってトレオニンに関する文献を調べたが、日本の雑誌では、奈良女子高等師範学校（現　奈良女子大学）教授の波田腰やす先生の論文で、鯛の肉蛋白質から当時のアミノ酸分画法〈銅塩法〉で、トレオニンを単離した報告が見つかった。〈銅塩法〉というのは、蛋白質を加水分解後、アミノ酸を銅塩にして、アルコール、その他の溶媒による溶解性の違いを利用して、各アミノ酸を分画する方法である。グルタミンやメチオニンは、それぞれ独自の比較的簡単な方法が開発されていた。しかし、トレオニンについては、研究が殆どされていない時代で、〈銅塩法〉で単離を試みるよりほかはなかった。

牛乳より単離したカゼインについて、〈銅塩法〉によるアミノ酸分画を何回試みたかわからない。ペーパークロマトグラフィで分画状況を追跡したが、分画が進むにしたがい、トレオニンは入るべき画分から消えてしまうのであった。今から考えれば、硫酸による加水分解後の中和、分画に用いるアルコールの純度、それに何よりも試料の選択に問題があったと考えられる。

結局、論文題目を「カゼインよりトレオニンの単離実験」として論文を提出した。学科の〈卒業論文発表会〉の前に、栄養化学研究室の論文発表会があった。私の発表に対する近藤先生の講評は「たいへん努力したのに残念であった」であった。

いとも簡単に甜菜から多量のグルタミンを単離した長谷川君、薬包紙に入れてあった、単離したメチオニンをネズミにもっていかれるというハプニングで、満田先生を慌てさせたが、とにかく単離に成功した守田君、楽なテーマをもらって早々に論文を纏めた池君、小林君の傍で、私は打ち拉《ひし》がれたような惨めな気持ちであった。落ち込んでいる私を見て、助手の岩井和夫先生（注2）が、「グルタミンの単離は学生実験でやるものだ。単離できるのは当然だ。君のテーマは難しい。悲観することはない」と慰めてくださった。ありがたく忘れることのできない思い出である。

注1　農林化学科昭和二十五年卒。のちに徳島大学医学部栄養学科教授。退官して徳島大学名誉教授であられたが、先年逝去された。

注2　農林化学科昭和二十二年卒。のちに京都大学食糧科学研究所教授、同研究所所長。満田久輝教授退官後〈栄養化学〉講座担当教授。現在、京都大学名誉教授。

洪水事件

私は卒業論文の実験をしているとき、一つの失敗をしている。どの分画過程であったか忘れたが、画分を真空濃縮したのち、真空デシケーターに入れ、水流ポンプで吸引して乾燥を行っていたときのことである。容易に乾燥が進まなかった。実験を急いでいたので、水流ポンプによる吸引・乾燥をそのままにして帰った。翌朝には乾燥ができているはずであった。ところが、夜間に水圧が高まり、水道管と水流ポンプを連結していたゴム管が破れ、実験室が洪水になっていたのである。実験室から一階の講義室に水が漏れ、武居教授の講義が休講になったという。

同じ実験室で実験していた土壌学専攻の十川博君に手伝ってもらって後始末をした。休講にしてしまったのだから、厳しい武居先生からどんなお叱りを受けるかわからない。恐る恐る教授室へおわびにあがった。「きみかね。きみはよい経験をした」。武居先生はちょっと笑みを浮かべながら、ただそれだけおっしゃった。

第五実験室の同級生

栄養化学専攻の五名と土壌学専攻の十川博君が、農林化学科第五実験室で卒業論文の実験をした。六名の実験室仲間のうち、長谷川・小林・池・十川の四君は既に鬼籍に入られ、残っているのは私と守田君だけである。守田君は「㈱八州化学工業」に就職し、製造部長、役員に就いた。現在は埼玉県川越市で悠々自適のようである。

〈長谷川喜代三君〉　卒業後、大学院に残ったが、その後、京都大学食糧科学研究所に、次いで奈良女子大学に移り、家政学部長も務めた。私と同じ年に停年退官し、同大学名誉教授になった。退官後、武庫川女子大学に勤務していたが、平成六年（一九九四年）二月、ガンで亡くなった。誰からも知らせがなく、彼が他界したことは、年末に届いた『四明会名簿』で知った。奥様にお願いして、平成七年二月、京都の大恩寺で営まれた一周忌に参らせていただいた。無口であったが、友情に厚い、優れた研究者であった。

〈小林昭君〉　学生時代からもの静かな紳士であった。卒業後、鹿児島大学農学部助手に採用された。サイカニンに関する研究で、優れた業績を挙げていたが、昭和五十九年（一九八四年）十月、生物化学講座担当教授現職のまま、ガンのため他界した。忌明けのとき、奥様から頂いた手紙に「……昨年の手術の際すでに故人が精魂傾けて研究しましたサイカニンによる多発性の癌に冒されていたらしく　再入院後わずか一月でやつれた顔を見せぬまま　突然眠るようにはかなく逝きました　やさしく誠実で思いやり深かった人を失

い　この先ひとすじの光明も何のよろこびもないような気がいたします　人の気持ちを敏感に察しどんな些細なことでも決して感謝を忘れない人でしたが……」とあった。奥様のお言葉どおりの、優れた立派な人物であった。早逝はまことに惜しまれる。

〈池栄一君〉　新潟の有名な菓子の老舗《しにせ》「はり糸」の息子で、卒業後は社長職に就き、家業に専念していた。いつも笑顔を絶やさず、鷹揚《おうよう》で、さすがは老舗の息子と思わせる人であった。〈謡〉を習ったりして優雅な学生生活を送っていた。クラス会や恩師の祝賀行事には、必ずといってよいぐらい、新潟から京都へ出てきたようである。

彼と最後に会ったのは、昭和六十年（一九八五年）、奥田東先生の傘寿のお祝いの会であった。久しぶりに会って彼と話し合ったが、そのときの彼の笑顔が懐かしく思い出される。彼の他界は、ご子息一樹氏の平成七年末の年賀欠礼の挨拶状で知った。

〈十川博君〉　第六高等学校出身。昭和二十三年入学で、私たちより一年先輩になるが、病気で休学し、私たち昭和二十四年入学組と一緒になった。卒業後、島根農科大学土壌肥料学講座の助手に採用されたが、のちに山口農業試験場に転じた。ガンに冒され、昭和三十九年（一九六四年）二月、三十六歳の若さで他界した。通学が同じ京福電鉄鞍馬線で、彼とは親しくしていた。誘われて四条辺りの店に、当時はやりの〈お好み焼き〉を一緒に食べに行ったことがある。

卒業式がすんで、彼は岩倉に近い三宅八幡の下宿から京都駅まで、荷物をリヤカーで運び、鉄道便で郷里の岡山に送った。洪水事件の際の彼の親切のお返しのつもりもあって、私は彼の荷物運びを手伝った。その日は寒く、雪が降った。力のある私がリヤカーを引き、彼が後ろから押した。川端通りを通ったように思う。その頃は今と違って、川端通りは車も人通りも少なく、閑散としていた。
卒業後、学会などで何回か彼に会った。子供さんのことを嬉しそうに話す、子煩悩《こぼんのう》のパパであった。彼が逝ったとき、お嬢さんが小学校一年生、坊ちゃんが三歳であったと思う。「遺児育英資金募集」の呼び掛けがあり、私も少額であるが醵金した。

京都大学における学生運動

昭和二十五年（一九五〇年）に朝鮮戦争が勃発した。私が二年生のときであった。翌二十六年にサンフランシスコ講和条約・日米安全保障条約が締結された。このような国際情勢とも関連して、〈レッドパージ〉の嵐が吹き荒れる一方、朝鮮戦争による米軍の〈特需〉で、わが国が復興の大きなきっかけをつかんだ時期であった。国内外の激動と対立の中で、京都大学においても、学生運動が熾烈化し、多くの事件が起こった。『京大史記』（一九七八年）により、私が在学中に起こった主な事件を示すと、次の通りである。

〈看護婦事件〉　医学部附属病院付設の厚生女学部の卒業生のうち、いわゆる活動家が附属病院に不採用になったことから起こった。不採用者の二度のハンガーストライキを経て、学生と病院の交渉の場に警官が導入され、数名の学生が逮捕された。（昭和二十四年）

〈全学連事件〉　〈全学連〉（全日本学生自治会総連合）の大会会場を巡って大学当局と全学連が対立し、全学連が時計台を占拠し、警官が導入された。（昭和二十四年）

〈イールズ声明・レッドパージ反対闘争〉　全学連が「大学教授に共産党員は不適格」とい

うイールズ声明に対する抗議ゼネストを行うことを決め、全国四十一校で〈反戦・反帝〉を掲げて授業放棄、いわゆるストライキが行われた。京都大学では、法・工・医を除く旧制四学部と新制吉田分校がストライキに入り、全学決起大会が開催され、市中デモ行進が行われた。（昭和二十五年）

〈文部大臣発言抗議運動〉　天野貞祐文相が国立大学長会議で行った全学連解散要請・赤追放発言に対し、〈同学会〉（京都大学学生自治会）はストライキを含む抗議行動を行うことを決め、全学決起大会の開催を決めた。大学当局は告示でストライキを禁止したが、同学会は決起大会を開き、レッドパージ粉砕・告示撤回要求等を決議した。この事件で数名の学生が処分された。（昭和二十五年）

〈前進座事件〉　〈演劇部〉が〈前進座を囲む会〉を開催した際、川端署から会場への入場要求があり、話し合いが紛糾《ふんきゅう》して乱闘になった。同学会は、これに対し無許可のまま抗議集会を開き、学内デモと時計台座り込みを強行した。公安条例違反として警官二百人が正門前に現れ、紛糾した。この後、学生が川端署に抗議に行ったが、乱闘となり、数名の学生が逮捕された。この事件で、同学会委員長の〈放学〉を含む処分が行われた。（昭和二十五年）

〈講和条約・日米安保条約批准反対闘争〉　文・経二学部でストライキが行われた。（昭和二十六年）

〈天皇行幸事件〉　天皇が京都大学へ行幸された際、学生が「平和の歌」を合唱して迎えた事件である。同学会は天皇に対する公開質問状を用意し、国の内外に大きな反響を呼んだ。大学当局は、〈同学会解散命令〉を告示し、同学会委員長の〈無期停学〉を含む学生の処

分を行った。（昭和二十六年）

同学会も全学連も、執行部は共産党系の学生によって占められていた。当時の国内外の情勢からも、学生運動は即、政治運動あるいは政治闘争であった。

私は頻繁《ひんぱん》に開かれた学生大会に参加していたが、次第に同学会執行部の考え方や運動に同調できない気持ちに、むしろ反発を感じるようになった。学生大会では、予め執行部が決めた線に是が非でももっていくという、強引さが感じられた。真剣に議論した上で結論を出すという姿勢は全くなく、執行部の案に反する意見はよってたかって潰した。執行部の学生にとっては、政治信念に基づく政治闘争の一環であった。彼らは、政治闘争のために、学生の自治組織を利用していたと言っても過言ではない。

大学当局によって掲示板の使用が禁止されたことがあった。これに対し、同学会執行部は、路面にビラを貼り付けた。通れば目に入るが、ビラを踏んだり、跨いだりして通らなければならない。訴えたいこと、主張したいことがあれば、掲示板の前に立って一般学生に呼びかけたらよいではないか。私は、感覚的にも彼らについていけないと感じるようになった。彼らに嫌悪感さえ抱いた。

『京大史記』の「京都大学学生運動史」の章に、〈天皇行幸事件〉についての記述がある。二千人の学生が時計台前に集まり、新聞社の車から流れた「君が代」に対して、自然発生的に「平和の歌」の合唱が始まったという。私はそこへ行かなかったから、詳しいことは知らない。しかし、同学会執行部は、天皇に対する〈公開質問状〉を用意していたし、「時計台前に集まれ」という呼び掛けもしていた。共産党系の学生が主体の同学会執行部は、この日の行動を〈闘争〉と位置づけていたと思う。「平和の歌」の合唱も、自然発生的に始まったのではなく、同学会執行部によって計画されていたものと、私は考えている。

大学へのお客様であるから、総長をはじめとする大学のしかるべき人がお迎えすればよい。大学当局から歓迎のため集まれ、というような呼び掛けは一切なかった。学生には直接関係のないことである。私は、このように思っていた。

この事件を知ったとき、なんと幼稚な行動だ、京都大学学生の一人として恥ずかしいと思った。新憲法では天皇は「日本国の象徴」とされた。当日の行動は、〈国の象徴〉である天皇に対して、著しく礼を欠くことではないか。天皇に対して、政治的なことに踏み込んだ質問状を用意するとは、どのような憲法認識なのか。幼稚だ、愚かだ、としか言いようがない、と私は思った。

卒業とその後

昭和二十七年（一九五二年）三月、私は京都大学農学部農林化学科を卒業した。そして、近藤金助先生のご推薦を受けて、同年四月一日付けで、新制高知大学の農学部土壌肥料学講座の助手に採用された。専攻が栄養化学から土壌肥料学に替わることで、少し悩みはしたが、「植物栄養化学の分野が未開拓である。植物栄養化学をやりたまえ」と先生から励ましのお言葉を頂いた。

植物栄養化学の開拓はできなかったが、高知大学農学部教官として、自分なりに教育・

研究に努め、平成三年（一九九一年）三月三十一日、高知大学を停年退官した。そして「高知大学名誉教授」の称号を頂いた。近藤先生にご指導を受けたことが、私の高知大学三十九年と現在につながっている。先生は昭和五十九年（一九八四年）四月、九十二歳で逝去された。先生のご恩をしみじみと感じる。

2　妻の戦中・戦後

妻美貴子は、昭和十一年（一九三六年）七月、高知県香美郡三島村大字久枝《かみ　みしま　ひさえだ》で生まれた。三島村は、太平洋戦争のとき、村の七割の土地を海軍航空隊用地として国に接収され、解村・消滅した村である。

昭和二十年（一九四五年）八月、戦争が終わり、日本海軍は消滅したが、三島村が復活することはなかった。海軍航空隊の跡は現在、高知龍馬空港・高知大学農学部・高知工業高等専門学校の用地である。

美貴子の生家〈枝常家〉は、現在の高知龍馬空港の滑走路の位置にあった。接収・立ち退きにより、一家が日章村下哘内《にっしょう しもこうない》（現　南国市物部）に移築した家に移ったのは昭和十七年（一九四二年）六月で、美貴子が五歳のときである。太平洋戦争開戦時の年齢は五歳、終戦時は九歳で国民学校三年生であった。

戦争がいかに恐ろしく悲惨なものであるかを身をもって体験した私たち世代は、戦争を知らない若い世代に対し、戦争の実体験を伝え、平和がいかに尊く大切であるかを心底から分かってもらわなければならない。戦争体験を次代へ伝えることは、私たち世代の一つの責務である。

妻の近親者に戦死者や空襲等による犠牲者はいない。戦争の時期は、妻は子供で、大人に保護されていて、戦争に直接向かい合ってはいない。当時の枝常家は比較的裕福で、食糧なども都会の人に比べれば遥かに恵まれていた。家は海軍航空隊基地に近かったが、空襲による被害は全く受けていない。このように妻の戦争体験は深刻なものではないが、子供であったとはいえ、戦争の時代に生きた人間の一人として、事実を語り、次代に伝えることは意義のあることと考えられる。以下は、妻が語った戦中・戦後の回想を、私が聞き纏めたものである。

1　戦争の時代

戦争と家族

昭和十七年（一九四二年）六月、海軍航空隊設置による土地接収で、私は祖父母・母、私立土佐高等女学校在学中の叔母とともに、三島村久枝から、移築した日章村《にっしょうむら》下咥内《しもこうない》の家に移った。五歳であった。そして翌年四月に日章国民学校に入学した。

父は「南洋興発」という製糖関係の会社に勤め、下咥内に移転以前に、中国の海南島に赴任していた。母は一家が下咥内に移転後、私を下咥内の家に残して海南島へ渡った。

昭和十九年（一九四四年）十月、海南島で女児が生まれた。妹彰子《しょうこ》である。父は現地召集を受けて軍務につき、母はゼロ歳児の彰子を連れて、昭和二十年一月、軍の病院船に乗せてもらって帰国した。制海空権を米軍に握られ、赤十字の標識を付けた病院船といえども、攻撃を受けるかもしれない極めて危険な航海であった。事実、一つ前に出航した船は潜水艦の攻撃を受けて沈没し、これに乗っていた会社の同僚の家族は全員助からなかったという。

母は海に投げ出されたときの救命用として、急遽《きゅうきょ》パンヤの綿毛をぎゅうぎゅうに詰めた敷き布団を作り、これを持って乗船した。船には傷病兵・軍医・看護婦が乗っており、引き揚げの一般人は船底の部屋に入れられた。ぎゅうぎゅうの部屋で、攻撃を受けないことをひたすら祈りつつ、息を凝らして、日本への無事到着を待ち望んだという。船には一般人用の食糧は殆どなかったようである。ゼロ歳児の妹は母の乳のおかげで、何とか生きて帰ることができた。しかし、暑い海南島から厳寒の日本へ帰ってきて、妹は帰国後、肺炎などを起こしてたいへんであった。

昭和二十年（一九四五年）八月十五日、私は疎開先の槇山村《まきやま》岡ノ内《おかのうち》（現　香美市物部町岡ノ内）で終戦を迎えた。岡ノ内国民学校の三年生、九歳であった。

父は終戦の翌年、昭和二十一年（一九四六年）に無事帰国した。日は定かでないが、叔母が結婚した一月には帰っていなかったし、十二月に起きた南海大地震のときに父は家に居たので、帰国はその間である。

軍隊の駐留

米軍の土佐湾岸上陸に備え、日章村にも防衛軍が配置されたようである。日章国民学校の高等科の教室に兵隊が駐屯していた。校舎前の広場で、兵隊さんたちが食事をとっていた様子を憶えている。飯盒《はんごう》の蓋にカボチャのような実を浮かべた汁を容れていた。粗末な食事であったように思う。

講堂で軍人による講話があった。話をした人は学校に駐留していた隊の隊長であったかもしれない。次のような話をされた。

・上陸の前に敵は必ず艦砲射撃をしてくる。遠い所から近い所へと順に撃ち込んでくる。

・敵戦車を撃破するには、爆薬をもって戦車の下に潜り、爆薬は体の上になるようにしなければならない。体の下にすると爆破力が弱くなる。

米軍の本土上陸も近いと考えられ、当時は国民学校生徒も戦闘員と考えられていたから、生徒にもこのような話をされたのだと思う。

私たちは胸に、何年何組何某ではなく、何隊という隊名と、その下に氏名と血液型を書いた名札を付けていた。まことに恐ろしい時代であった。

三島村久枝の枝常の家の離れは平屋であったが、日章村下啌内に移築した際に、祖父は離れを、各階六畳二間の二階建てにした。

海軍航空隊の若い隊員を、休暇日に基地近辺の民家が受け入れることが行われていた。離れの二階に若い兵隊さんが来ていたことを憶えている。母が〈かき餅〉を焼いたりして接待した。私が二階に上がってみると、二人が布に菊の絵を描き入れて鉢巻きを作っていた。日章の基地から鹿屋《かのや》に移り、沖縄に出撃した特攻隊「特別攻撃隊菊水部隊白菊隊」の隊員の方であったかもしれない。

上空で翼を動かしつつ何回も旋回し、飛び立って行った飛行機を村民が見ている。世話になった人々への別れの挨拶にちがいないと、大人が話しているのを聞いた。その頃は何も考えなかったが、命を国に捧げ散華した若き命を思うと、まことに痛ましく、悲しい。

その後、離れの二階が防衛軍の一隊の本部になり、隊長と士官二名、一階には下士官と数名の兵が駐留した。門には歩哨《ほしょう》が立った。そのほか、近所の家に数名ずつ兵が分宿していた。朝、離れの南側の空き地で点呼があった。離れと母屋の間の〈つぼ〉で、銃剣術の試合がよく行われた。母屋の玄関の部屋が訪ねてきた家族との面会室になっていた。ひそひそと話をしておられたのを憶えている。

母が度々カボチャを大きな釜で煮て隊員に提供していた。母はわが家に駐留している隊員を対象に考えていたのであるが、隊長は隊全員に平等に分けるので、一人当たりは少なくなってしまうのであった。各家に分宿している兵隊さんは、それぞれの家でなにがし食べ物の提供を受けているに違いないから、わが家に居る人だけに分けてくれたらいいのに、と母はよくこぼしていた。

空襲のこと

〈防空壕〉

米艦載機グラマンによる海軍航空隊基地の攻撃がしばしばあった。祖父は、母屋の北の畑に防空壕を造った。六畳ぐらいの広さで、大人が屈まずに歩ける高さ、畳敷き、上の覆いは地面より僅かに高く、瓦を敷き、雨水が内に入らないようにしてあった。西に入り口があった。防空壕というよりも地下室であった。部屋には布団、隅には食糧を容れた祖父特注の缶が何個も備えられていた。屋根にはカボチャの蔓《つる》を這わしていた。

〈空　襲〉

日章国民学校では空襲の警戒警報が出ると、生徒は上級生が引率して下校することになっていた。ある日、警報があって下校する途中に、上空に急に敵機が現れ、同級生の家の防空壕に誘い入れてもらった。シュッシュッシュと爆弾の落ちていく音がして、ほんとうにこわかった。

米艦載機グラマンは土佐湾から侵入し、物部川の東、上岡《かみおか》の上空で西に旋回し、わが家の真上辺りから飛行場に向け急降下して爆撃した。機銃掃射《きじゅうそうしゃ》もあった。わが家周辺も機銃掃射を受けたが、死傷者が出たという話は聞かなかった。門に立つ歩哨兵は空襲下でも、退避せずにそのまま立っていたが、撃たれた人はいなかったようである。上岡の水田で、爆弾による大きな穴が開いている、どこどこで時限爆弾が爆発したなどと、大人が話しているのを聞いた。

〈高知市空襲〉

昭和二十年（一九四五年）七月四日未明、高知市はB29百二十機による焼夷弾攻撃を受け、市の大部分が焦土と化し、市民に多くの犠牲者が出た。

当夜、枝常一家は空襲警報発令で防空壕に退避していた。どうも近くではなさそうだと、祖父が外へ出た。「西が真っ赤だ。高知だ！」。祖父の声で、私も外へ出た。西は真っ赤で、言葉で表現できないようなすさまじい光景であった。

祖母が高知市追手筋の楠病院に入院していた。安否が心配だ。夜が明けて、祖父と母がおにぎりと水筒をもって高知市へ向かった。歩いて行ったと思う。病院や周辺の防空壕を調べ、あちこち聞き歩いたが、祖母は見つからなかった。市街は焼け野原になって燻《くすぶ》っており、焼け死んでいる人もあり、まことに凄惨《せいさん》な状態であったという。

祖母は空襲の際、病院から追手筋へ出て、そこを通って南北の電車通りを逃げ、鏡川に浸って空襲の終わるのを待ったようである。逃げる途中で座布団を拾い、これをあちこちの防火用水に浸して頭に載せ、鏡川に辿《たど》り着いたという。朝になって秦泉寺《じんぜんじ》の親戚の家に避難したようで、祖父と母が捜索を諦《あきら》めて家に帰ってくる前に、祖母が無事であるという知らせが親戚からあった。

疎開のこと

高知市の空襲、祖母の病気、米軍の土佐湾岸上陸の恐れなどから、祖父は母の実家Ｔ家と共同で、物部川上流の槇山《まきやま》村岡ノ内《おかのうち》（現　香美市物部町岡ノ内）で家を購入し、疎開することにした。当時、叔母が岡ノ内国民学校に教員として勤務していたので、岡ノ内になったのだと思う。

下咥内の家には母と妹が残り、祖父母と私が岡ノ内に疎開した。私はＴ家の伯母と大栃《おおどち》までバスで行き、そこから歩いた。大栃から三里ということだったが、岡ノ内までは遠かった。暑くて喉《のど》が渇いた。

私は岡ノ内国民学校に転校したが、すぐに夏休みに入ったので、この学校に通学したのは一月にもならない。同級生に誘われて、物部川に下りて水浴びをした。水が冷たかったことを憶えている。

大栃に老齢の医者が居られた。タクシー燃料用の木炭を用意してくれれば、往診するということで、木炭を調達して、タクシーで診察に来てもらった。しかし、祖母は八月二十八日に死去した。

近所の桶屋さんが自分用として用意されていた棺《かん》を譲ってもらって、遺体を納め、荷馬車を雇い、岡ノ内から下唖内の自宅に運んだ。その馬車に私も乗った。岡ノ内を早朝に出発したが、下唖内の家に着いたのは夜遅くで、周りは真っ暗であった。

母が海南島に渡ってから、祖母が私の面倒をみてくれた。祖母がいるので、私は母を恋しく思ったり、さびしく思ったりしたことはなかったが、「かわいそうに……」と、祖母は涙を流してくれた。祖母の臨終のとき、家族は私に別れをさせようとしたが、私は怖《こわ》くてその場から逃げた。私は祖母といつも一緒だった。祖母は私をほんとうにかわいがってくれた。祖母との思い出は多い。

八月十五日の終戦の日は岡ノ内に居たが、特別の思い出はない。私は日章国民学校に戻り、三年生として二学期を迎えた。日章国民学校は間もなく、元の日章小学校の名称に戻った。

参考　海軍高知航空隊と四国防衛軍　（諸資料より）

〈高知海軍航空隊〉

偵察搭乗要員を養成する航空隊で、配置されていた航空機は練習機「白菊」である。戦闘機は配置されていなかったので、空襲を受けても迎撃はできなかった。実戦機を持たない航空隊であるためか、空襲はさほど多くなく、損害も少なかった。最も激しかったのは艦載機グラマンによる昭和二十年（一九四五年）三月十九日の三波の空襲で、戦死傷者数名を出し、たまたま飛来していた陸上攻撃機と爆撃機の二機が破壊され、格納庫、庁舎、兵舎が一部破損した。「白菊」に損害はなかった。

戦局の緊迫化に伴い、高知海軍航空隊は昭和二十年（一九四五年）三月、実戦航空隊に編入された。四月、沖縄戦が始まると、五月から「白菊」は特攻機として鹿屋基地から沖縄に出撃した。「特別攻撃隊菊水部隊白菊隊」である。特攻攻撃により、「白菊」二十六機と乗員五十二名の命が失われた。沖縄が米軍の手に落ち、残存「白菊」は高知へ引き揚げた。

〈四国防衛軍〉

・昭和二十年（一九四五年）六月、土佐湾岸への米軍上陸を想定し、四国防衛軍が編成された。正面に満州から引き揚げた第十一師団、幡多に第三四四師団、安芸に第一五五師団、後免後方に第二〇五師団が配置された。第十一師団に属する郷土歩兵第四十四連隊は弘岡に、新たに編成された歩兵第四五一連隊（護土部隊）が香美郡南部に配置された。日章村に駐留したのは、第四五一連隊に所属する隊と思われる。

〈空襲・民間被害〉　昭和二十年（一九四五年）

・3月19日　前浜（現南国市前浜）被爆。航空隊基地空襲・前浜国民学校校舎半壊。
・6月7日　高知市中央部被爆。城東国民学校・第一高等女学校・女子医学専門学校等全焼。
・7月4日　高知市空襲。市内主要地区消失。被災市民四万二千人。
・7月4日　住吉野（現南国市住吉野）被爆。焼夷弾・全焼三戸・半焼二戸。
・7月22日　佐岡（現香美市佐岡）被爆。佐岡国民学校北校舎全壊・同南校舎半壊・民家四戸全壊・二戸半壊。死者四・重傷六（校舎内兵士死傷者数不詳）。

2 戦後——小・中・高等学校時代

父枝常繁茂《しげる》は、「南洋興発」という製糖関係の会社に勤め、太平洋戦争が始まる前に中国の海南島に赴任していた。開戦後、現地召集を受けて軍務に就いたが、終戦の翌年、中国から無事家族のもとへ復員した。

祖父檮吉《ゆすきち》は、水田約七町を保有する地主で、家に隣接する約一反を除き、残りすべての水田を小作に出していた。戦後、国によって〈農地改革〉が実施されたが、祖父は保有する水田を息子繁茂の名義にしていたため、〈不在地主〉とされ、保有する水田の殆どが小作農の手に渡って失われた。それで、枝常家は経済的に極めて厳しい状態に陥った。しかし、私は小学校卒業後、私立の土佐中学校へ進学させてもらった。

日章小学校

終戦後、日章国民学校は日章小学校に校名が戻った。教科書の部分的な黒塗り、糊による張りつけなど、教育の民主化が図られるなかで、私は小学校に通った。宿題はしたが、予習や復習など殆どしなかったように思うが、国語・算数・理科・社会は〈たいへん優れている〉の評価をもらった(注)。

民主主義の時代になって、小学生の弁論大会や合唱コンクールなど、戦時中では考えられなかったような行事が行われた。五年生のとき、音楽が〈普通〉の評価の私は入れてもらえなかったが、日章小学校は高知県小学校の合唱コンクールに出場して第二位に入賞した。また、長岡郡・香美郡の小学校の弁論大会が舟戸小学校で開催され、私は同級の島本理恵さんと日章小学校の代表として出場した。美しいと心に感じられるものとして、雑草の花など、ひっそりと目立たない自然の美を挙げて自分の考えを発表したが、選には入らなかった。島本さんは、学制改革によって設立された新制中学校をテーマにしたもので、中学校の教育が充実して、みんなが公平に教育を受けられるようになれれば嬉しい、というような意見発表であった。島本さんの発表は見事第三位に入賞した。

六年生になって、高松への一泊二日の修学旅行、トラックに乗って行った室戸へのお別れ遠足など、楽しい行事があった。

注　たいへん優れている・優れている・普通・少し劣っている・劣っている、の五段階評価。国語で言えば、研究心・聴く・話す・読む・書く・作る、の項目ごとに評価された。

旧飛行場跡地の開墾

〈農地改革〉によってわが家は苦境に陥ったが、家の傍の自作していた約一反の水田と約一反の畑、〈農地改革〉の際、小作地の一部を好意的に返還してもらった水田、それに旧飛行場用地の一部が地元へ返還された際、配分を受けた約三反の土地を家族総出で耕作した（注1）。戦前の比較的裕福な暮らしに比べれば、厳しい状態と言えるが、当時のわが国の〈食・住〉の極めて困難な状態を考えれば、住む家があり、耕作して食糧を自給できたのであるから、恵まれていたと言えよう。私は日曜日や夏休みなどに、子供なりに働き、また幼い妹の子守をして両親を助けた。

配分を受けた旧飛行場の土地は、埋め立て地であるから、大小の石が混じっており、また芝で密に覆われていた。除草し、石を除去して畑地化し、初めはサツマイモ〈高系二十四号〉を栽培した。その後、サトウキビやタバコの栽培も行った。サツマイモは一部を〈いもつぼ〉にいれて、また〈ほしか〉にして保存した（注2）。村内にサトウキビを搾る製糖所があり、サトウキビをもっていって黒砂糖にしてもらい、一部を家庭用に、残りを売って現金に替えた。

旧三島村には村内を流れる秋田川という川があったが、飛行場を造る際に埋め立てられた。飛行場の西縁に沿って〈新秋田川〉が造られ、この川につながる暗渠《あんきょ》がほぼ平行に埋設されていた。土地配分は、暗渠間の土地を反《たん》に区切って行われ、暗渠の上が農道になった。この暗渠は人が屈まずに通れるくらいの高さであった。水は殆ど流れていなかった。夏の暑い時期には、涼しい出口の所に妹を座らせて子守をした。

新秋田川の井堰工事などが行われ、昭和二十五年（一九五〇年）頃より、畑地の水田化が可能になった。わが家もこの頃、水田にして稲の栽培を始めたと思う。私が中学校二年生の頃である。

注1　一反は九・九二アール（九九二平方メートル）。一町は一〇反（〇・九九二ヘクタール）。

注2　サツマイモは寒さに弱いので、納屋や床下などに穴を掘り、穴の周りに藁、サツマイモの間に籾殻を入れて保存した。この穴を〈いもつぼ〉、あるいは〈いもあな〉と呼んだ。〈ほしか〉は、サツマイモを輪切りにして干したもの。

土佐中・高等学校

〈土佐中学校入学〉

昭和二十四年（一九四九年）三月、私は日章小学校を卒業した。卒業生は約百名で、大部分は当時の村立香南中学校に、一部が〈土佐・城東・土佐女子〉等の私立中学校に進学した。男子は六人ほど、女子は私を含めて二人が、土佐中学校の入学試験を受けた。試験に筆記試験はなく、口頭試問による試験であった。二日間にわたり、算数・国語・理科・社会・図画・音楽など広範囲にわたって試問があった。そして第三日に、校長先生による面接があった。日章小学校からの合格者は、男子一人と私の二人であった。

〈バラックの校舎で授業〉

戦後の、六（義務）・五・三・三制から六（義務）・三（義務）・三・四制への学制改革に伴い、旧制土佐中学校（五年制）から、新制度による土佐中学校（三年制）・土佐高等学校（三年制）が創設された。昭和二十三年（一九四八年）からは、女子にも門戸が開かれ、男女共学になった。私は、昭和二十四年（一九四九年）四月、土佐中学校に入学した。授業料は月額四五〇円、入学時に寄付金五〇〇〇円、学校復興協力金五〇〇〇円（無利子・卒業時に返還）

を納めた（注）。

旧制土佐中学校の校舎は、昭和二十年（一九四五年）七月の米軍機による空襲で焼失し、焼け跡にバラックの仮校舎が建てられていた。教室の床・壁の板には鉋《かんな》が掛けられていなかったし、天井は張られていなかった。窓にはガラスの代わりに障子紙が張られていた。風を伴う雨のときは破れるので、窓の外に皆の傘を開いて並べ、雨の吹きぶるのを防いだ。天井がないので、隣の教室の授業がよく聞こえた。私は最後尾の席であったので、隣の教室の授業の方がよく聞こえた。机・椅子は旧軍隊の払い下げのもので、二人用であったが、最後尾の机・椅子は三人が使った。椅子は背のないものであった。

仮校舎は、旧海軍の建物を解体して建てられたものである。終戦の翌年、昭和二十一年（一九四六年）、仁井田の海軍航空隊の建物の払い下げを受け、解体した建物の木材・瓦などを、浦戸湾上は櫓舟《ろぶね》で、陸上は払い下げの鉄製の荷車に載せ、生徒の手で運搬された。そして焼失校舎跡に応急の校舎が建てられた。全校生徒教職員が一致して建設のための募金も行ったという（山中和正「筆山」第32号・二〇〇二年）。私たちは、このようにして建設された校舎で授業を受けたのである。

教室へは土足であがった。ただし下駄《げた》履《ば》きで教室に入ることは禁じられていて、藁草履《わらぞうり》などに履き替えた。

旧制土佐中学校は、少人数の英才教育を行う私立中学校であった。学年定員は三〇名であったが、昭和十六年（一九四一年）に七〇名に増員されている。新制土佐中学校の定員は二五〇名、四クラス編成で、一年の私のクラスは六四名、内女子は十六名であった。

新制中学になっても、旧制中学の頃の授業レベルを落とさないとされたようで、授業のレベルは、公立中学校に比べてかなり高かったように思われる。入学時のクラスの担任は、国語の吉田富士子先生、中学校・高等学校の校長は大嶋光次先生であった。大嶋校長は、戦災・学制改革で廃校に瀕した「土佐」を、復興資金募集、定員増加、男女共学等、斬新な施策と献身によって見事に再興され、今日の土佐中学校・高等学校の基礎を作られた。校舎も、戦後はバラックであったが、昭和二十三年（一九四八年）より始められた建築計画で、昭和二十七年（一九五二年）十月に、木造の新校舎が完成した。

注　美貴子が中学に入学した昭和二十四年（一九四九年）に、義一は京都大学へ入学した。京都大学入学時の授業料は年額三千六百円。当時の郵便料金は葉書二円、封書八円。

〈通　学〉

入学した昭和二十四年（一九四九年）四月は、土佐電鉄安芸線は汽車であったが、五月から電車になった。私は安芸線日章駅で乗車し、後免町駅で市内電車に乗り換え、通学した。電車の運行回数は、今と比べて少なく、特に安芸線は少なかった。通学時はいつも鈴なりの超満員で、転落による女子生徒の痛ましい死亡事故もあった。昼間は特に少なく、試験のときなどは、後免町駅から歩いた方が早く帰宅できるくらいであった。

服装は生徒としてふさわしいものであれば何でもよく、まちまちであったが、学校のシンボルである白線を上着の腕に付けた。鞄《かばん》もまちまちで、私は布製の手提げ袋のようなものを使った。医者の息子であったT君は、往診用の鞄で、皆の鞄に比べて大きく立派で、目立っていた。

〈高校進学・卒業とその後〉

私は昭和二十七年（一九五二年）三月、土佐中学校を卒業し、同年四月、土佐高等学校に進学した。高校の三年間、勉強はあまりしなかったが、追試験を受けなければならないようなこともなく、単位をきちんととって、楽しく高校生活を過ごし、昭和三十年（一九五五年）三月に卒業した。

二年間、洋裁学校に通い、昭和三十二年（一九五七年）四月、吉川義一と結婚した。

土佐高等学校は進学校であり、女子も大学に進学し、難関の東京大学や京都大学に入学した人もいた。しかし当時は、高校卒業後、進学も就職もせず、洋裁・和裁などの〈花嫁修業〉をして、二十歳前後で結婚し、家庭生活に入る人もかなりいた。三年のとき、私のクラスは六十七名、内女子は二十一名であったが、その半数は私と同じように、二〇歳前後で結婚している。

民主主義の時代になって、女性を巡る環境も大きく変化したが、結婚に関しては、少なくとも私たちの周辺では〈縁談〉と〈見合い〉が普通で、男子は三十歳までに、女子は二十五歳までに結婚するのが普通であった。

土佐高等学校２年生（1953年）

第四部　〈土佐ことば〉散策

表現の豊かさとおもしろさを味わいながら

私は〈土佐ことば〉の、言語としての豊かさ・おもしろさに魅かれ、1997年から〈土佐ことば〉を蒐集し、蒐集した語の意・用法・語源等を調べ、学び楽しんできた。

この部は、『続　土佐ことば』（2015年）出版以後に行った〈土佐ことば〉についての調査・考察をまとめたものである。表題を「〈土佐ことば〉散策」とした。

〈散策〉は楽しく、今後も続けていく。

1　意・用法と語源を調べる

参考・引用に用いた『高知県方言辞典』（方言辞典と略記）等の辞典、古典等については、前著『続 土佐ことば』の凡例欄に記載している。

古典等から引用した用例は、文頭に・印を付し、〈土佐ことば〉の用例は「　」の括りで示した。

汗に浮く・汗が繰り流れる――おもしろい強調表現

汗で体がひどく濡れた状態を表す〈土佐ことば〉。一般用語に、汗が流れる・汗びっしょり・汗だく・汗だくだく・汗まみれ、などがあり、古語には、汗流る・汗水になる・汗落《あ》ゆ、などがあるが、土佐の〈汗に浮く・汗が繰り流れる〉は、強調表現としてまことにおもしろい。

・あせ水にて臥たるに、（宇治拾遺物語・一ノ一八・利仁芋粥事）

・法印おそろしうも又哀にも覚えて、汗水になり給ぬ（平家物語・巻第三・法印問答）

・いかで立ちいでしにかと汗あえていみじきには、（枕草子・一八四）

「きょうはしょう暑かった。畑でちょっとばあ仕事しただけぢゃに、汗に浮いたわね」

「炎天下で仕事したきに、汗がまっこと繰り流れた」

いのぐ――語源は？

高知新聞に二〇一六年一月から、「いのぐ」という表題で、防災に関する記事が連載された。〈いのぐ〉は、しのぐ・生き延びてゆく、の意（方言辞典）。現在は殆ど使われていないと思われ、私も聞いたことがない。

高知新聞の「話題」欄（二〇一六年六月十四日・西村博文記者）に、〈いのぐ〉について、次の記述があった。

「しのぐ」が変化したとみられる古い土佐弁で、「乗り切る」とか「生き延びる」の意味。方言を研究する高知県立大の橋尾直和教授によると、土佐弁で「雨が降りだした」が「降りだいた」となるように、「し」から「い」への音声変化はよくあるという。

私は、〈いのぐ〉は、生き延びる、の意の古語〈生き延ぶ〉と、困難を耐え忍ぶ、乗り切る、の意の〈凌《しの》ぐ〉が混交して創られた語で、意味も両語の意を併せもつと考えている。

古語〈生き延ぶ〉と〈凌ぐ〉の用例を次に示す。

・し残したるをさて打ち置きたるは、面白く、生き延ぶるわざなり（徒然草・第八十二段）

・或時は漫々たる大海に、風波の難をしのぎ、（平家物語・巻第十一・腰越）

追わえる――継続を示す独特の用語

追いかける・追い続ける、の意。〈追わえる〉は同義の古語〈追はふ〉が変じた語と考えられる。〈追はふ〉の〈ふ〉は、動詞の未然形に付き、動作の反復・継続の意を表す助動詞（古語辞典）。

・冠者ばら、追はへて搦めてけり（沙石集五・古語辞典）

「とっとこ、とっとこ行くきに、追わえるのがおおごと」（幼い孫をおもりするおばあさん）

「道で犬に追わえられて、まっことこわかった」

が——土佐弁独特の用語

〈が〉（助詞）には、雨が降りゆう、わしんくが当番ぢゃ、寝いちょったが、のような一般的用法のほか、次のような土佐独特の用法がある。

①連体詞や活用語の連体形に接続し、人・物などを表す

「あんながに負けられん」（人）

「もちっと安いがはないかね」（物）

「たっすいがはいかん」（ビール・コマーシャル）

格助詞〈の〉に、次のように、人・物などを表す一般的用法がある。土佐独特の〈が〉は、この〈の〉と類似の役割をもつ格助詞と考えられる。

・白い帽子をかぶっているのが、うちの子です。（人）

・私が楽しんで聴くのは、日本の古い歌曲です。（音楽）

・もう少し大きいのは、ありませんか。（物）

②名詞・代名詞・数詞に〈の・な〉などを挟んで接続し、物などを表す

「そこながを、ここへ移してくれ」（物）

「これはあんたのがぢゃないかね」（物）

「八時のがに乗らざったら、会に遅れる」（乗物）

③後に続く物などの名詞を省略した形で、〈……の物〉などを表す

『宇治拾遺物語』に次のような文章がある。

・いかなれば、四條大納言のはめでたく、兼久がはわろかるべきぞ（巻一・一〇　秦兼久向通俊卿許悪口事）

〈大納言のは〉の〈のは〉は〈の歌は〉の略、〈兼久がは〉は〈が歌は〉の略。〈の〉と〈が〉は、類似の役割をもつ格助詞。兼久は目上の大納言には〈の〉を、自分には卑下して〈が〉を使っている。この形の〈の〉は、現代語に継続され、例に示すように一般に広く使われている。一方〈が〉は、土佐など一部の地域に方言として残ったと考えられる。

・あんたのは、これです。

「おまんがはこれぢゃ」

④疑問・強意等を表す

「何処へ行きゆうが？」「高知へ行きゆう」

「おばちゃん、何しゆうが？」「花に肥料をやりゆうが」

〈行きゆうが?〉は〈行きゆうの?〉と同じ問いかけで、〈が〉は〈の〉と同じ役割をもつ終助詞。ただし、〈が〉を強く発音すると、言葉が雑に下品に聞こえる。〈が〉は第二例のように、問いかけの答えにも使われる。強調の語であるが、この場合は弱く軽く発音される。

⑤念を押す

疑問を表す助詞〈か〉の前に挿入し、念を押す

「おばあちゃんくへ行くがかね」「うん、来い来い言いゆうきに」（行くのかね）

「あの人と話したことがないがかね」（ないのかね）

⑥関連する助詞　がや・がやき・がやに

〈が〉に〈や〉〈や・き〉〈や・に〉などの助詞を接続した、独特の助詞がある。

「絶対悪いことせんと、言うたろうがや」（言うただろう・ぞんざいな言い方）

「いくら言うてやったち、きかんがやき、もう知らん」（きかんのだから）

「外へ出られんと言うたがやに、出ちゅうよ」（言ったのに）

〈がや・がやき・がやに〉は、事実を強く印象づける役割をもつ、土佐独特の助詞である。

がいな・がいに――土佐と伊予で意・用法が異なる

〈がいな〉は（言動が）荒々しい、〈がいに〉は荒々しく、の意の〈土佐ことば〉。

「がいなことしなさんな」

「がいにしたら、こわれるぞね」

広辞苑に〈がいな・がいに〉が掲載されているが、土佐の〈がいな・がいに〉と語意が異なる。広辞苑では、〈がいな〉は、大層な・甚だしい・おびただしい、〈がいに〉は、甚だ・非常に・ひどく、と説明され、〈がい〉は、〈我意〉の意で強く張る意か、とある。浄瑠璃などに、甚だ・非常に、の意の〈がいに〉が使われている。
・がいにめでたい此方の御寿命（近松門左衛門・雪女五枚羽子板）
〈我意〉は、自分の考えをおし通そうとする気持ちを表す語（広辞苑）。〈我意を〉通す・張るときに、言動が荒々しくなることも想像されるが、土佐の〈がいな・がいに〉が〈我意〉に由来するかどうかについては、よくわからない。


〈がいな・がいに〉は、隣県の愛媛でも使われている。『伊予ことば』（注）に〈がいな〉について、次のような記述がある。

意外な・案外な・予想外なことを言い表すのに、伊予ではガイナというところがおおい。ガイナは強い・元気なーということをもあらわし、さらに仰山な、たくさんなーという意味やひどい・むごいーという意味にも使っている。このことばの語源は〝外な〟であるとする説がある。つまり普通尋常のことではない、ことの意外・案外・予想外の〝外〟であるとするのである。


土佐では言動の荒々しい人を〈がいな人〉と表現するが、松山市生まれ育ちの、長男の嫁によると、愛媛で言う〈がいな人〉は、言動が少し変わっていて、接すると何かひっかかるものがあり、違和感を感じるような人のことであるという。〈土佐ことば〉の〈妙な人〉、あるいは強調語〈妙に妙な人〉に当たるのではなかろうか。隣接する県でありながら、〈がいな〉の意・用法が異なることは興味深い。

こじゃんと――明るく響く独特の強調語

〈土佐ことば〉独特の強調語。〈こしゃんと〉とも言う。徹底的に、の意。意味は微妙に違うが、一般の〈こてんぱんに・とことん〉などに、近い語である。

「猫をいじめたゆうて、隣のおんちゃんにこじゃんとづきすえられた」

〈づきすえられる〉は、徹底的に叱られる、の意。

方言辞典には、次の用例が挙げられている。

「わりことして、コシャントおやぢに、づきまくられた」

「あの会社が倒産したら、わしんくらーコシャントことーて来るろー」

「コジャントさきょ（酒を）飲みまくっちゃお」

「コジャントあつ（暑）ーなったのー」

〈こじゃんと〉の用例を、高知県内の出版物で調べた。

「役人をおさえて、こじゃんとだんをつめにゃいかんが」（注1）

「どくれもんの万六を、いっぺんこじゃんとやっつけちゃろうと……」(注2)
「こじゃんと飲んでよさこいを歌い」(注3)
「物事をこじゃんとオーバーに表現する」(注4)
「こじゃんと意見してやってつかさいや」(注5)
「この王にこじゃんときれえなひめさんがおって」(注6)
〈こじゃんと〉は、最近広告等にも使われている。
「こじゃんとうまい」(注7)
「こじゃんとうまい　辛口、生」(注8)
「こじゃんと　やります」(注9)

徹底的に、の意で、「こじゃんと……する(される)」という動詞につなぐ形が、〈こじゃんと〉の本来の使い方と考えられる。〈うまい・きれえな〉などの形容詞・形容動詞を強調する語は、通常〈しよう・まっこと・げに・しょうまっこと・げにまっこと〉であり、〈こじゃんとうまい〉のような使い方に対して、私は抵抗感をもつ。しかし、〈こじゃんと〉は、言い易く、また明るい響きの土佐独特の強調語であることから、形容詞や形容動詞に直接つなぐ表現が使われだしたと考えられる。

私は、〈こじゃんと〉が日常的に最も活きているのは、〈こじゃんと……される〉のような受動態の強調表現であると考えている。づかれたこと、りぐられたことなどを強調し、自分をコケにして、明るくオーバーに会話を盛り上げる。土佐人独特と思われる会話の形である。〈こじゃんと〉の語源についてはよくわからないが、はじくような音の響きで、会話を明るくユーモラスにしているように感じられる。

注
1　『高知県昭和期小説名作集3　田中貢太郎　下』（一九九五年）
2　土佐教育研究会国語部『高知のむかし話』日本標準（二〇〇五年）
3　松岡数躬『松岡数躬の八十年史』（二〇〇七年）
4　石川英昭『さよなら土佐のガキ大将――私の「はらたいらさん」交友録』高知新聞社（二〇〇七年）
5　市原麟一郎『こじゃんと笑うた――土佐民話落語Ⅳ』高知新聞社（二〇一一年）
6　多賀一造編『大正のむかし話』大正町教育委員会（一九八九年）
7　かねこみそ株式会社「土佐かつおだし入みそ」の容器に
8　アサヒビール株式会社・高知新聞広告（二〇一五年八月）
9　シマダヤ ホーム&ライフ・高知新聞広告（二〇一五年九月）

さびる・さびわける――古語〈障《さ》ふ〉に由来する語か

〈さびる〉は、収穫した穀類・豆類を箕《み》や唐箕《とうみ》を使って未熟なものや夾雑物《きょうざつぶつ》を選別・除去することを言う。〈さびわける〉は広く一般的に、選別する・選り分ける、の意で使われる。

「応募者が多かったきに、うちの子らはさびわけられたわね」（採用試験）

〈さ・ふ〉（障ふ）という語がある。①ひっかかる・つかえる（自動詞）②せきとめる・さえぎる（他動詞）、の意。（古語辞典）

・あさましきもの　刺櫛すりて磨く程に、ものにつきさへて折りたる心地（枕草子・九七）①

・「なみ立ちさへて入れずもあらなむ。」とも詠みましや（土左日記）②〈さびる〉は、古語〈さ・ふ〉から創られた語ではなかろうか。

ざまな・ざまに——〈ざま〉は〈異《こと》ざま〉に由来する語か

土佐の民話集を読むと、〈ざまな・ざまに〉、特に〈ざまな〉がよく出てくる。例えば、『土佐民話落語1』（注1）には、（ざまな）大女・声・体・芋・焼き飯・イビキ・お願い・ため息、などが出ている。民話集に出ている〈ざまな・ざまに〉の用例を示す。

「ついさっきの事じゃが、ドーンというざまな音がしてのう」（土佐民話落語1・どんぶらどーん）（注1）

「ざまなかっこうをした男が、けんを一まいだけもってやってきたと」（高知のむかし話・通り矢）（注2）

「立派なヒノキぢゃけん値も高いし、もとではかかっちょらんし、ざまにもうけた」（大正のむかし話・盗伐の銀之助）（注3）

「ざまに大けな石が、上からかぶさるように落ちてきよらあよ」（高知のむかし話・力もち久之丞）

方言辞典には、〈ざまな〉について、①大きな・非常な・目も当てられない ②不格好な・ぶざまな・だらしない（特に婦人のあられもないしどけないふりをさす）、の説明がある。そしてこの語の次に、たくさん・たいへん、の意の副詞〈ざまに〉が掲載されている。

〈ざまな・ざまに〉は、高知県西部でよく使われる語のようである。私はこの語を土佐の民話集で知ったが、直接耳にしたことはない。妻によると、幡多出身の知人が〈ざまな・ざまに〉をよく使うという。高知新聞の「声ひろば」欄で、〈ざまに〉に触れた文章を見た。小学生の投稿記事であったので、特に興味深く読んだ。一部を抄録する。

・共通語では「とても」「すごく」「本当に」という言葉は、幡多では「ざまに」と言います（注4）

・土佐弁や他の地域で「すごい」という言葉を、幡多弁では「ざまに!」という言い方をする（注5）

〈ざまな・ざまに〉の語源についてはよく分からない。〈ざま〉（様・態）という語がある。様子・有様を嘲って言う語。（広辞苑）「なんというざまだ」「ざまみろ」のように使われる。この〈ざま〉に〈ざまな〉の②の意・用法はつながると考えられるが、①の意・用法にはつながらないように思われる。

〈ことざま〉（異ざま）という語がある。変わった様子・有様の意で、普通とは違っている状態を表す語である（古語辞典）。源氏物語などに用例がある。

・かたちの異ざまにうたてげに変りてはべれば、いかが思さるべき（賢木・一八）

・所のさまもあまり川面近く、顕証にもあれば、なほ寝殿を失ひて、異ざまにも造りかへんの心にてなん（宿木・三二）

・ことざまにつきづきしくは、え言ひなしたまわねば、（浮草・一）

民話に出てくる〈ざまな〉の意は、単に大きいというよりも、異常な、の意を含む強調語として使われているように考えられる。このようなことから私は、〈ざまな・ざまに〉の〈ざま〉は、古語〈ことざま〉に由来する語と考えている。

注

1 市原麟一郎『すかたんおかしい――土佐民話落語Ⅰ』高知新聞社（二〇〇八年）
2 土佐教育研究会国語部『高知のむかし話』日本標準（二〇〇五年）
3 多賀一造『大正のむかし話』大正町教育委員会（一九八九年）
4 山中実来（上川口小・六年）「方言のすばらしさ」（二〇一二年）
5 坂本未織（松田川小・六年）「心地よい幡多弁」（二〇一三年）

支《つか》える――多様な用法

塞がったり、突き当たったりして、先に進めなくなる状態を表す語で、頭が天井につかえる、言葉がつかえる、のように使われるが（広辞苑）、土佐では、一般的用法を含め次のように多様に使われる。

「車がつかえちょって動けざった」（混雑・渋滞）
「きおうちゅうに、トイレがつかえちょって難儀した」（なかなか空かない。トイレの順番待ち）
「ゴミがつかえちゅうにかあらん。水があんまり流れん」（ゴミが詰まっている）
「肩がつかえてたまらん。ちくと揉んでや」（凝っている）
「今日はつかえちゅうきに、明日にしてくれんろうか」（仕事・行事で時間がとれない）
「上がつかえちゅうきに、なかなかあがれん」（人事）

「いもはおいしいけんど、のどにつかえる」（詰まったように感じる）

例文の〈きおう（気負う）〉は、尿意を強く催す、の意の〈土佐ことば〉。

とうから――〈とう〉は（疾《と》く）のウ音便

〈とうから〉は、二つの意で使われる。①早くから　②前々から

「今朝はとうから起きて、田に行《い》て一仕事《ひとしごと》した」①

「そんなこたあ、あたいら、とうから知っちょった」②

〈とうから〉の〈とう〉は、〈疾く〉のウ音便と考えられる。〈疾く〉は、速度・時期・進行などが〈はやい〉の意の形容詞〈疾し〉の連用形が独立した形の副詞で、(1)早く・急いで　(2)既に・とっくに、の意。ウ音便〈疾う〉も使われる。（古語辞典）

古典の用例を次に示すが、〈疾し〉は、卒業式で歌った「仰げば尊し」の一節「思えばいと疾し　この年月」で、〈疾く〉は、楠木正成・正行の〈桜井の里の別れ〉の一節「汝はここまで来つれども　疾く疾く帰れ古里へ」で、私たち世代にとって、馴染《なじ》みのある語である。

(1)の意の用例

・用ありて行きたりとも、その事果てなば、疾く帰るべし。（徒然草・第百七十段）

・ねぶたしと思ひければいととう寝入りぬるけしき見たまひて（源氏物語・浮舟・九）

(2)の意の用例

・ただ冷えに冷え入りて、息はとく果てにけり。（源氏物語・夕顔・一二）

〈疾く〉の関連語に〈とうに・とっくに〉がある。それぞれ、〈疾くに〉の音便形・促音形である。ずっと前に、の意で、「とっくに仕上げている」のように使われる。土佐ではあまり使われない。

同じく関連語に〈とうの・とっくの〉がある。それぞれ〈疾くの〉の音便形・促音形である。〈とうの昔〉のように使われる。土佐ではあまり使われない。これらの語に相当する〈土佐ことば〉は〈とっと〉で、次のように使われる。

「とっと昔、この村で大火事があって、何軒も家が焼けたと」

浄瑠璃「傾城反魂香」（近松門左衛門）に〈土佐ことば〉と同義で〈とっと〉が使われている。〈とっと〉は〈疾くと〉が変じた語ではなかろうか。

〈ばあ〉と〈ばっかし〉――語源が同じで意・用法が異なる

〈土佐ことば〉の〈ばあ〉（ばー）と〈ばっかし〉は、いずれも〈ばかり〉が変じた語であるが、意・用法が異なる。〈ばかり〉は、程度と限度を表す二つの意味をもつが（古語辞典）、興味深いことに、〈ばあ〉が前者の意に、〈ばっかし〉が後者の意に用いられている。

ばかり

〈ばかり〉は、動詞〈計る〉の名詞形〈計り〉に由来し、程度と限定を表す助詞（古語辞典）。

古典における用例を次に示す。

①おおよその目安を示す（程度）　ころ・くらい・ほど
・廿一日、卯のときばかりに船いだす。（土左日記　卯の刻のころ）
・それを見れば、三寸ばかりなる人いとうつくしうてゐたり。（竹取物語・かぐや姫の生い立ち　三寸くらいの）
・大蔵卿ばかり耳とき人はなし。（枕草子・二七五　大蔵卿ほど）

②それに限ることを示す（限定）　だけ
・月影ばかりぞ、八重葎にもさはらずさし入りたる。（源氏物語・桐壺・八　月の光だけ）
・睦ましく使ひたまふ若き男、また上童ひとり、例の随身ばかりぞありける。（源氏物語・夕顔・一二　随身だけ）

〈土佐ことば〉の〈ばあ・ばー〉

〈ばかり〉が変じた語で、〈ばかり〉の①の意を受け継ぎ、ころ・くらい・ほど、などの意で、おおよその程度を表す語として使われる。

「どればあ煮たらえいろう？」「十分ばあでえいろう」（どれほど・十分ほど）
「三十センチばあのあらきでえいろう」（三十センチぐらいの植え間隔で）
「二学期は、みんなあがびっくりするばあのえい成績ぢゃった」（びっくりする程の）

〈土佐ことば〉の〈ばっかし〉

〈ばっかし〉は〈ばあ〉と同様に〈ばかり〉が変じた語で、〈ばかり〉の②の意を受け継ぎ、だけ、という、何かに限定する意を付ける語として使われる。

「うちの子は勉強せんづく、漫画ばっかし読みゆう。困ったことぢゃ」（漫画だけを）

「古いもんばっかしぢゃが、使えるもんがあったら使うてちょうだい」（古いものだけだが）

「働くばっかしぢゃつまらん。ちょっとは楽しみもせにゃ」（働くだけでは）

〈ばあ〉と〈ばっかし〉が〈ばかり〉から創られ、それぞれが〈ばかり〉の二つの意味を分けて使われていることは、まことにおもしろい。土佐人の優れた創語力とともに、〈土佐ことば〉の豊かさ・おもしろさを改めて感じる。

結《ゆ》わえる――古語〈結《ゆ》はふ〉に由来する語

紐《ひも》などで結ぶことであるが、結んで束にする、何かに固定する、の意で使われる。

「今は機械でしゆうが、昔は、稲は鎌で刈って藁で結わえ、雨に濡れんようにクロに積んで、それから日をおいて脱穀した」（近所の農家のお年寄り）

「きっちり結わえとかんと、途中で荷が落ちるぞね」（自転車の荷台の荷物）

〈結わえる〉は、同義の古語〈結はふ〉に由来する語と考えられる。〈結はふ〉の〈ふ〉は、動詞の未然形に付き、動作の継続・反復の意を表す助動詞。（古語辞典）

2　重ね言葉――暮らしの中に活きるユーモアに富む表現

土佐人の陽気な気質に関係があると思われるが、〈土佐ことば〉には強調表現が多い。ここで採りあげる〈重ね言葉〉もその一つである。類語を重ねて、行動や状態を強調し、あるいは誇張し、会話を明るく盛り上げる。また強調表現とは言えないが、類語を重ねて、語呂を滑らかに、おもしろく表現する〈重ね言葉〉もある。〈重ね言葉〉は、土佐人の日常の暮らしの中に活きる、ユーモアに富む独特の言語表現である。主なものを挙げる。

（二〇一六年・高知県高坂学園生涯老人大学における講義の一部）

いりいる　入り入る

夢中になること。没頭すること。〈いる〉（入る）に、動詞の連用形に付いて、その動作に没入する、その状態にすっかりなりきる、深く……する、などの意を表す用法がある（古語辞典）。土佐では、この〈いる〉の用法が、更に〈いりいる〉の形で、物事に没頭するさまを表す強調語として使われている。

・額に手を当てて念じ入りてをり。（源氏物語・玉鬘・八）

「遊びいっちょったきに、呼んだけんど、聞こえざったにかあらん」

「うちの子は、ゲームにいりいって、ちょっとも勉強せん。困ったことぢゃ」

こみこむ　込み込む・混み混む

二つの意・用法がある。

①込み込む

〈込める〉の古語〈込む〉を重ねた語。心を込めて何かをする、集中して何かをする、の意の強調語。

「えらいこみこんでやりゆうが、何ができるぞね」（工作に熱中している子供）

②混み混む

混みいっている・複雑である、の意の強調語。

「えらいこみこんだ話ぢゃねえ。一回聞いたばあぢゃわからん」

しょうまっこと

〈しょう〉は、ほんとうに、甚だ、の意の強調語。名詞〈正《しょう》〉を副詞化した語と考えられる。〈まっこと〉は、〈まことに〉の変で、ほんとうに、の意の強調語。〈しょうまっこと〉は、二つの強調語を重ねて、更に強調する語。

「あこの主人はしょうまっことのかな……。奥さんは苦労しゆうろう」

〈のかな〉は、おおらかな性格の、という好意的な形容から、呑気《のんき》で、すべきことをきちんとしない、という顰蹙《ひんしゅく》ぎみの形容まで、広く使われる。ここでは後者の用法。

げにまっこと

〈げに〉は〈実に〉で、ほんとうに・全く、の意の古語。感動・賛成の意を表す語。〈まっこと〉は〈まことに〉の変。〈げにまっこと〉は、両語を重ねた強調語。

「あこの嫁さんは、げにまっこときれえな」

がいにがいな・あらがいな

〈がいに〉は荒々しく、〈がいな〉は荒々しい、の意。〈がいにがいな〉は、両語を重ねて、言動の荒々しいさまを強調した語。

「がいにしなさんな。壊れるきに」（荒っぽく扱うな）

「あの人はしょうがいな人ぢゃ」（言動が荒々しい）

「あの人は、まっこと、がいにがいな」（ほんとうに言動が荒々しい。顰蹙《ひんしゅく》して）

〈あらがいな〉という重ね言葉もある。〈あら〉は〈荒い〉の〈あら〉。

「あればあ、あらがいな人、あしゃ知らん」

みょうにみょうな　妙に妙な

〈みょうな〉（妙な）に、変に・いやに、の意の副詞〈みょうに〉（妙に）を頭に付けて、何か変な・おかしい、の意を強調した語。

「あの人はみょうにみょうな……言うこと、すること、変わっちゅう」

ちょっとやそっとの

少しの、の強調語。打ち消し語を伴って使われることが多い。

「あの人は肝《きも》がすわっちゅう。ちょっとやそっとのことで驚かん」

そんじょそこらの

其処《そこ》ら辺りにいる（ある）並の（人・物など）、を強調した語。

「うちは江戸時代から続く老舗《しにせ》ぢゃ。そんじょそこらの店とは違う」

広辞苑に、次のような説明がある。

〈そんじょそこら〉（ソンジョはソンジョウの約）「そこら」を強めていう語。

〈そんじょう〉その定《じょう》の転。それ・その・そこ、などの語に冠して、具体的な名を出さずに、人・場所・事柄などを示す語。

私は、土佐の〈そんじょそこら〉は、これと異なり、〈其所其処《そんじょそこ》ら〉と考えている。

かけかまわん

〈かけ〉は、関係がある、の意の古語〈かく〉（掛く・懸く）に由来する語。〈かまわん〉は、関係する、の意の〈構う〉の打ち消し語。両語を重ねて、関係がない、の意を強調。

「かけかまわんことに口出ししなさんな」

「いやなことがあったち、かけかまわん者《もん》にあたりなさんな」

でんづきでんづき

事が連続して起こることを表す語。よいことの連続には使わず、不幸や悪いことが連続して起こったとき、嘆いて使われることが多い。語源については、太鼓《たいこ》や鼓《つづみ》の音からとも考えられるが、私は昔の農村風景から、水車小屋での、臼《うす》の米が杵《きね》で搗《つ》かれる、鈍い連続の衝突音と〈搗き〉から創られたと考えている。

「あこは、おばあさんはみてるし、子供は大けがをするし、おぢいさんも入院したと……まっことでんづきでんづきぢゃ」

〈みてる〉は、亡くなることの意の〈土佐ことば〉。哀悼《あいとう》の気持ちを含んだ丁寧《ていねい》な言い方。

すんすんに

〈すん〉は、短いこと・僅かなことを意味する〈寸〉と考えられる。間を置かないで・

間断なく、の意の強調語。

「子猫がすんすんになきゆう。親が恋しいにかあらん」

まけまけに

土佐では、水などが容器からこぼれることを〈まける〉と言う。〈まく〉（撒く）から創られた独特の自動詞。〈まけまけに〉は、〈まける〉から創られた語で、まける程いっぱいに、の意。
「お茶がまけたきに、すまんが拭いとうせ」
「まけまけにいれてや」（コップ酒）
拭いとうせ、の〈とうせ〉は〈ておうせ〉の略。……てください、の意の〈土佐ことば〉。

とんびとんびで

地に足が着かないくらいに、の意。何かを期待して、心躍らせて急ぎ歩く・走るさまを表現した語。〈とんびとんびして〉とも言う。

「神祭《じんさい》のときゃあ、あしら学校から、とんびとんびで家に帰りよった」（近所のお年寄り）

そちこち

其方《そっち》へ行ったり、此方《こっち》へ来たりして、の意。

「あのおばあさん、夜中にそちこち騒動するきに寝れざった」（某病院の病室で。周りの迷惑を考えない夜行性のおばあさんの行動に顰蹙《ひんしゅく》して）

〈騒動〉を、土佐では軽い意味に使い、ばたばた動き回ったりして、周りに迷惑をかけるような行動を〈騒動する〉と言う。

どちこち

〈どち〉は〈何方〉。〈こち〉は〈此方〉。〈どちこちない〉は、差はない・同等だ・優劣はない、の意。

「これとこれ、どっちがえいろう？」「どちこちない。どっちもよう似合う。安い方にしときなさいや」

せちこせちこ

狭い場所に人が集まり、ぶつかったり、せりあったりする、窮屈《きゅうくつ》な状態をいう。狭い場所などに、人を押しのけて無理に入り込む、割り込む、の意の〈せちこむ〉という〈土佐ことば〉がある。〈迫《せ》り込む・競《せ》り込む〉が変じた語と考えられる。〈せちこせちこ〉は〈せちこむ〉から創られた語。

「そんな所でせちこせちこせんで、こっちの広い所で遊びなさいや」（子供に）

とりつけさでつけ

何でもかんでも持ってきて、の意の強調語。〈さでる〉という語がある。掻き集める、の意の〈土佐ことば〉。漁具〈叉手《さで》〉から創られた語と考えられる。〈さでつけ〉は〈さでる〉の関連語。

「たまるか！　とりつけさでつけ、つけちゅう」（胸・首・腕などに幾つものアクセサリー）

むりむっちゃ

〈無理〉と〈無茶〉を重ねて、無理なことを強調した語。

「むりむっちゃ詰めよったら、袋が破れる」

しぶらしぶら

しぶしぶ、の意。嫌々ながら、何かをする様子を強調して言う語。〈しぶりしぶり・しぶらこぶら〉とも言う。

「わけ言うて、みんなあでたのんだわね。時間はかかったけんど、しぶらしぶら、よう

よのかー引き受けてくれた」（会の役員）

〈ようよのかー〉は、ようやく・やっと、の意の強調の〈土佐ことば〉。

くなしくないさま

〈くなし〉は〈苦無し〉、〈くない〉は〈苦無い〉であろう。両語を重ね、〈様〉を付け、生活に苦労がなく、気楽に暮らしている人を、羨望《せんぼう》の気持ちを少し含めて言う場合と、周りの人の気持ちや家の暮らしなどに頓着《とんちゃく》せず、気ままに暮らしている人を、顰蹙《ひんしゅく》と非難の気持ちを少し含めて言う場合がある。

「あの人は、まっことくなしくないさまぢゃ。お金をうんと持っちゅう言うし、嫁さんのさとも、たいそうな物持ちぢゃと。うらやましいことよのう」

「うちの義母《かあ》さんは、みんなあが朝とうから働きゆうに、こうべってしょっちゅう出て行きゆう。まっこと、くなしくないさまよ」

〈朝とうから〉は、朝早くから、〈こうべって〉は、おしゃれをして、の意の〈土佐ことば〉。

あきれがてんむく

呆《あき》れることを強調する〈土佐ことば〉。〈あきれ〉を主語に、呆れた様子をユーモラスに示す〈天向く〉をつないだ表現。次に示す〈まっぽがくらがる〉と類似の、ユーモアに富む、独特の強調表現である。

「また別れたゆうかよ。三回めぢゃいか。あきれがてんむく」

まっぽがくらがる

深刻な事態に直面して、どうしてよいか分からなくなる、目の前が真っ暗になる、茫然自失《ぼうぜんじしつ》する、などの意。〈まっぽ〉は〈末法《まっぽう》〉の変。〈末法〉は仏教語で、釈迦死後の仏教流布《るふ》の期間を三つに分けた最後の期間のことで、仏法が衰え、天変地異や騒乱が起こるとされた（広辞苑ほか）。〈世も末〉という言葉がある。末法思想から生まれた語で、救いがない、お先まっくらだ、という嘆きの言葉である。〈くらがる〉は、暗くなる・暗闇になる、の意の古語〈くらがる〉（暗がる・闇がる）と考えられる。

〈まっぽがくらがる〉は、極めて厳しい事態を表す語として〈末法〉を、類似の事態を表す動詞〈くらがる〉で結び、どうしてよいか分からない深刻な事態を表す、土佐独特の強調語。〈が〉によるつなぎは、語呂《ごろ》を滑らかにして言い易い。厳しい事態を表しながら、ユーモアも感じられる言葉である。

「去年は大水で、畳も店の品も泥水に浸かって、まっことまっぽがくらがったわね」

いーとこ　はーとこ　はと　いとこ

土佐では、自慢《じまん》する・威張《いば》ることを〈きばる〉と言う。「いとこの△△は〇〇会社の重役で、そこの息子は一流大学を出て□□になっている、その嫁の里は……」というように、親戚の財産・社会的地位・学歴などを誇らしげにしゃべり、わが家が特別の家のように〈きばる〉人がいる。

　聞かされた人は、その場では、「そうかね……そりゃあ……」などと、一応は感心したように振る舞い、直接謗《そし》るようなことはしない。しかし、陰に回ると、「まっこと、いーとこ　はーとこ　はと　いとこ　ぢゃねぇ」と、くすくす笑い合って皆でおもしろがる。

〈はーとこ・はと〉は〈はとこ〉の変で、〈はとこ〉は〈またいとこ〉のこと。

〈いーとこ　はーとこ　はと　いとこ〉は、強調表現ではないが、日常に活きる、おもしろい〈重ね言葉〉である。

3　豊かな表現――〈事〉と〈気〉を用いた〈土佐ことば〉

〈土佐ことば〉には、日々の暮らしの中で創られたと考えられる語が多数あり、豊かな言語社会を作っている。ここでは、〈事〉と〈気〉を用いて創られた語を挙げ、これらの語が、暮らしの中で、人と人との係わりの中で、どのように使われているかをみてみる。

1　〈事〉を用いた〈土佐ことば〉

事が足る

十分だ・間に合う、の意。
「こればああったら、買わんでも事が足るろう」

事にする

重要な事と考える、の意。

「親身《しんみ》になって言うちゃったに、事にせん。勝手にしたらえいわ」（本気になって聞かない）

事になる

仕上がる。成就《じょうじゅ》する、の意。

「がんばってやりよったけんど、事にならざった」（成功しなかった）

事ない

たいしたことでない・心配いらない、の意。コターナイと発音。

「かすり傷ぢゃ。こたーないろう」

事足し

間に合わせ・つなぎ、の意。

「冬物を出してないきに、事足しに、これでも着ちょりなさいや」

事分けて

筋道を立て、詳しく丁寧に、の意。

「自分の考え、採った処置を、事分けて言うたんぢゃが、聞いてくれざった」（もめごと）
「どうしていかんか、どうせないかんか、事分けて言うたきに、分かったと思うよ」（子供を諭す）

あんまり事よ

あまりにもひどい仕打ちだ、の意。
「あんまり事よ。知らん仲でもないに……」

（……の）事はない

価値がない・甲斐《かい》がない、の意。
「目も耳も悪うなってテレビも観れん。膝が悪うて外へも出れん。生きちょっての事はない」（あるおばあさんの嘆き）
「あたしは一生懸命働きゆうに、息子らはえいかげんな事して、家がめちゃくちゃぢゃ。長生きしちょっての事はない」（別のおばあさんの嘆き）

大事《おおごと》

本来は重大な事や事件などに関して使う語であるが、土佐では、深刻な事ではなく、事を大げさに言う、一種の強調表現として使われる。
「あこのおばあちゃん、あちこちまいくっておらんようになると……」「そりゃおおごと！」

大事《おおごと》かえる

心配事や難事が起こって右往左往している状態を言う。ユーモラスな独特の言い方。
「俊やんくは、娘さんが離婚して、子供三人連れて帰ってきたと……おおごとかえっちゅう」

2 〈気〉を用いた〈土佐ことば〉

〈気〉は、心の動き・状態・働きを包括的に示す語（広辞苑）。〈土佐ことば〉には、〈気〉を用いた独特の用語があり、暮らしの中で活きている。

気負う

〈気負う〉は〈競ふ・競う〉から出た語。勇み立つ・意気込む・われこそはと思う・ここ一番と思う、などの意（広辞苑）であるが、土佐では、次の三つの意で使われる。①

急《せ》く　②作物の生育が目に見えてよくなる　③尿意を強く催《もよお》し急く。
「えらい気負うて行きゆうが、何ぞあっつうろうか」①
「肥料が効いたろうか。気負うてきた」（作物の生育）②
「気負うちゅうきに、あたしを先にして」（トイレの順番待ち）③

気がさす

気がとがめる・後ろめたさを感じる、などの意。悪口を言った・意地悪をした・嘘をついたなど、自分の言動が心に引っかかり、少し後悔している状態を表す語。

「気がさしたにかあらん。言いすぎたゆうて、あれがあやまりに来た」

気が足る

満足する・気がすむ、などの意。
「なんやかや言わんで、気が足るばあやってみたら」（気がすむまでやってみたら）

気散じな

〈気散じ〉は、①心の憂さを紛らわすこと・気晴らし　②気苦労のないこと・気楽なこと。（広辞苑）

〈気散じ・気散じな〉は、江戸時代に広く使われ、方言として近畿・中国に残っているようである（土佐弁さんぽ）。

・寝て待つ男もあらばこそ気散じなひとり寝、（近松門左衛門・薩摩歌・諸国鑓じるし）

・人が一生のうちでも何度も経験できないような、美しい、気散じな日々だった。（堀辰雄・菜穂子）

土佐では、人の性格について、さっぱりした・気さくな、の意で、また〈気散じな日和《ひより》〉のように、心地よい・快適な、の意で、天候についても使われる（方言辞典）。

「あの人は気散じな人ぢゃきに、付き合いやすい」

気ずつない

心苦しく思うこと。気兼ねに思うこと。〈ずつない〉は古語〈ずちなし・ずつなし〉（術なし）に由来する語と考えられる。〈ずちなし・ずつなし〉は、①方法がない・どうにもしようがない　②辛い・切ない・苦しい、の意（古語辞典）。

・「いもうとのあり所申せ、申せ」とせめらるるに、ずちなし。（枕草子・八四）

・この櫃のふた、ほそめにあきたりけり、いみじくおそろしく、ずちなけれど、（宇治拾遺物語・巻三ノ一五）

〈気ずつない〉は、心苦しく思う気持ちを、気持ち・心の〈気〉と、苦しい・辛いの意の〈ずつない〉をつないで表した語と考えられる。

「不自由な体になって、嫁に難儀をかけゆう。まっこと気ずつない」

安気な

気楽な・心配のない、の意。

「あこのおばあちゃん、子沢山で苦労しよったが、子供らが働きだしたきに、今は安気なもんよ」

気なし

他人に気を遣わない気楽な人。顰蹙《ひんしゅく》して言う語。

「あれは世話になっても礼も言わん。まっこと気なしぢゃ」

気にしい

物事を気にして、くよくよ悩む性格の人。

「あの人は気にしいぢゃきに、なんちゃあ言われんぞね」

気張る・気張り

〈気張る〉は、意気込む・勇み立つ・頑張る・気前よく金をはずむ、などの意（広辞苑）であるが、土佐で日常に使われる〈気張る〉は、自慢することである。自慢する習性のある人を〈気張り〉という。

「あの人はしょう気張る。あこの息子は県庁でえろうなっちゅうと」

「あの人はしょう気張りぢゃ。あこの子はみんな勉強がようできると」

気塞《きぶさ》いな

〈気塞りな〉とも言う。〈気塞《きぶさ》い〉から創られた語と考えられる。〈気塞い〉は、①気づまりであるさま・気にさわるさま ②疑わしい・あやしい、の意（広辞苑）。〈土佐ことば〉の〈気塞いな〉は、気にさわるような、の意で使われる。

「あの人は気塞いなことを平気で言う。困ったお人《ひと》ぢゃ」

気をのべて

気長に・長い目で・おおらかな気持ちで、などの意。

「気をのべてじっくり養生しなさい」

「子供は気をのべて見ちゃらないかん」

かん気

強い闘争心・負けん気。主として子供に使う。〈かん〉は〈癇〉であろうか。〈癇〉に、感情が激しく怒りやすい、の意がある（広辞苑）。

「試合にはあの子を出したがえい、上手ぢゃしかん気がある」

4　呼称を巡って――〈ハチキン〉と〈おたま・たま〉

1 〈ハチキン〉　誉め言葉か貶《けな》し言葉か

最近、ハチキンという語が、土佐の女性を表す語としてよく使われる。南国土佐で生まれ育ち、明るく、活動的で、実行力のある女性のイメージである。いろいろな分野で活躍している土佐の女性を、ハチキンと称して紹介する新聞記事やテレビ放送が時々ある。またハチキンを冠した、女性のグループ名もある。

ハチキンは本来、弁《わきま》えのない、言動が雑な女性に対し、顰蹙《ひんしゅく》し、蔑《さげす》みの気持ちを含んで使われてきた、言わば陰口《かげぐち》の呼称である。私は、ハチキンは、土佐の女性に対する呼称としてふさわしくないと考えている。前著でハチキンを採り上げたが、再び採りあげ、この呼称について考える。

男に近い女性という説

数字の八は、十に二足りないことから、八を語頭に付けて、少し足りない、の意の形容に使われてきた。ハチキンのハチはこの八で、男性の体の一部を示す卑語キンを付けて、男に近い女、慎みに欠ける男のような女ということで、ハチキンという呼称が創られた、という説である。

女体の一部の卑称にハチ（鉢）がある。この語を使った卑猥な言葉が方言辞典に出ているが、ハチ（鉢）は、土佐独特の語ではなく、各地で使われてきた卑語である。あからさまに言う語ではないので、文章に出てくることは殆どないが、森敦の『月山』に、この語を使った村人の会話が出ている。ハチキンは女性のハチと男性のキンを重ねて、男のような女を表したとまでは言えない。しかし、ハチキンという語は、卑語を連想させ、品よく聞こえない。語感が悪い。

ハチを使った女性に対する方言

『続 土佐弁さんぽ』に、〈おてんば〉を表す、各地の方言が紹介されている。ハチカン・ハチケン・ハチクレ・ハチクレモン・ハチ・バッチ・ハチベ・ハチベー・ハチマン・ハチメロ・ハッチャコ・ドンバチ・ドンパチなどである。なお、ハチベーは、江戸後期の滑稽本に売春婦の意に使われていたという。土佐には、ハチキンのほかにハッタカという語もあるが、〈ハチ〉は土佐独特の用語ではない。

〈おてんば〉とハチを使った方言

〈てんば〉（転婆）という語がある。騒々しくて慎みのない女・出しゃばり女を称する語（広辞苑）で、浄瑠璃などに用例がある。

・こいつはしゃべりの転婆め見つけられては大事ぞと、（近松門左衛門・薩摩歌・諸国讃じるし）

〈おてんば〉は、〈てんば〉に〈お〉を付けた語で、慎みなく活発に行動する少女や娘を言う（広辞苑）。〈おてんば〉と、上記のハチを使った女性に対する方言とは、少し違うように感じられる。ハチを使った語は、〈おてんば〉よりも、顰蹙《ひんしゅく》の度合いがより強く、さらに蔑《さげす》みの気持ちが入った言い方のように思われる。

キンを使った女性に対する方言

キンを使った、女性に対する方言にキンピラがある（千葉・宮崎など、約十県）。キンピラは、江戸前期から中期にかけて流行した浄瑠璃の主人公〈金平《きんぴら》〉に由来する語。金平は、源頼光の家来坂田金時の子で、武勇に優れた無双《むそう》の豪傑。この浄瑠璃の流行に伴い、金平の付く言葉が続々生まれた。その一つが金平娘（金平女）、略して金平。荒々しい振る舞いをする女性に対する呼称である。

ハチキンの語の成り立ち

ハチキンのハチは〈八〉か〈鉢〉か。キンは男性を意味する語か、金平の〈金〉か。竹村義一氏は、ハチとハチを使った語、股をひろげる、の意のハチカルなどの動詞、さらにキンピラに注目し、ハチキンという語の成り立ちを考察している（続土佐弁さんぽ）。

ハチキンという語は人名に由来するという説がある（方言辞典）。また、独楽《こま》の名称〈八金〉に由来するという説もある（注）。独楽の周りに八分の鉄輪を嵌《は》めた〈八金〉と呼ばれた独楽があり、まわして独楽どうしで〈けんか〉させるとき、〈八金〉が一番強かったという。これが転じて、強い女性を表す語として使われるようになったのではないか、という説である。

いずれにしても、ハチキンの語源、あるいは成り立ちについては、よく分からない。

注　朝日新聞高知支局編『土佐物語』（金高堂書店・一九七四年）

ハチキンについての私の考え

ハチキンという呼称は、各地に方言として残るハチの付く語と同様に、慎みを欠く女性の雑な言動に顰蹙《ひんしゅく》し、蔑《さげす》みの気持ちを含んで、陰口《かげぐち》で使われてきた語である。この誹《そし》りの言葉が、最近は、言わば誉《ほ》め言葉として使われるようになった。新聞やテレビ放送で、いろいろな分野で活躍している土佐の女性をハチキンと称して紹介されることがしばしばある。社会の変化、人間の意識の変化により、言葉の意味が時代とともに変化することはあり得るが、誹りの言葉として陰口で使われていた語が、誉め言葉に転じて使われることには、納得できないものを感じる。ハチキンは、新聞やテレビ放送にとって、都合のよい呼称であるかもしれないが、ハチキンをわざわざ使わなくても、人物評あるいは紹介はできるのではなかろうか。

過去の遣われ方にこだわる必要はない、という意見がある。事実、ハチキンという呼称を抵抗なく受け入れる女性もおられるだろうし、ハチキンを冠したグループ名もある。一方、ハチキンを貶《けな》し言葉として、言われて不快に感じる方、またこの語を下品な呼称として、拒否感・嫌悪感をもつ方も少なくないと思われる。私は、ハチキンという語の成り立ちと語感、この語がどのように使われてきたかを考えて、土佐の女性を表す語として、ふさわしくなく、安易に使用すべきでないと考えている。

2 〈たま・おたま〉素朴で温かい心が感じられる呼称

〈おたま〉は、豆腐殻《とうふがら》、一般に言う〈おから〉に対する〈土佐ことば〉である。

豆腐は、大規模な工場生産は別にして、概ね次のようにして作られる。ダイズを水に浸漬して柔らかくしたのち、摩砕してどろどろにする。これに水を加えて加熱し、布袋を用いて濾過する。袋に残った滓は強くしぼって液をできるだけ回収する。布袋を通過した液にニガリを加えると、凝固して豆腐ができる。袋から取り出した滓の塊を、その形から〈おたま〉と呼んだと思われる。取り出した滓の塊は円錐形に近いが、手で球状に整え、〈おたま〉と呼んで売られたと考えられる。

〈おから〉の異称に〈きらず〉と〈うのはな〉がある。

広辞苑に〈きらず〉について、「料理をするのに切る必要がないとの意。豆腐殻《がら》が空《から》に通ずるのを嫌って書きかえる語という」とある。〈きらず〉は、江戸時代に生まれた呼称のようで、浄瑠璃などに出てくる。

・豆腐あきなふ商人のきらず、きらずと声高に売る辻占の耳に、（近松門左衛門・堀川波鼓）

豆腐殻は豆腐を作る際の滓である。豆腐に比べ当然値段は格段に安い。空《から》に通ずるのを嫌って、というよりも、豆腐屋あるいは商人が、買う人に心遣いをして、切って食べる豆腐と同等に格上げした形の〈切らず〉という呼称を使ったのではなかろうか。

〈うのはな〉は〈卯の花〉で、色が〈ウツギ〉の花に似ていることから付けられたと思われる。雅《みやび》な呼称である。

土佐の〈おたま〉は、〈きらず〉のような気取った呼称ではない。〈うのはな〉のような優雅な呼称でもない。食材を大切にする、素朴で優しい心が感じられる呼称である。豆腐と同格の大切な食材であり、〈殻〉あるいは〈滓〉という感覚が薄いように感じられる。

最近、土佐でも豆腐殻は〈おから〉が通称で、〈おたま〉という呼称は殆ど使われなくなったと思われる。しかし、土佐の伝統料理、〈たまむし〉と〈たまずし〉に、この語は活きている。

〈たまむし〉は、〈すがたずし〉のように、魚に味付けした〈おたま〉を詰め、蒸して作る。〈たまむし〉の最高のものは鯛の〈たまむし〉で、〈おきゃく〉の際の皿鉢料理の一つである。数年前、香南市夜須町を訪れた際、「道の駅やす」で、〈さばのたまむし〉が出品されているのを見た。

〈たまずし〉は〈おたま〉を使った〈にぎりずし〉である（注）。

前著『続 土佐ことば』で、私は命山《いのちやま》や音地《おんぢ》の名称を例に挙げ、土佐人の優れた創語力と、これを生み出す独特の感性について述べた。ここで採りあげた〈おたま〉という呼称にも、私は土佐人の優れた創語力と独特の感性を感じる。〈おたま〉は、私の好きな〈土佐ことば〉の一つである。

注 土佐伝統食研究会 編「カラダにもサイフにもやさしいおからを我が家の食卓へ」（株式会社タナカショク・二〇一三年）に〈うるめのたまずし〉、〈きびなごのほうかぶり〉（きびなごで巻いたたまずし）の紹介がある。

おわりに

八十の歳から十年、〈土佐ことば〉について調べたことを含め、いろいろかいろ、折々に綴った雑文を一冊の本に纏めることができたことを、私はたいへん嬉しく思っている。

小学校から大学まで、共に学んだ同級生の半分以上が、亡くなられていることを思えば、雑文を綴ることを楽しみに、平穏無事に、日々を過ごすことができたことを、私はたいへん幸せに思っている。

これからも、雑文を綴る楽しみを続けていくつもりであり、百歳で『九十歳からの雑文集　いろいろかいろ　Ⅱ』を出すのが、私の夢である。

謝辞

本書を出版するに当たって、「南の風社」の細迫節夫氏ならびに「ひなた編集室」のくにみつゆかり氏にたいへんお世話になった。両氏は、私の原稿を精細に読んで、内容・表現等について適切な助言・提言をしてくださった。また「南の風社」の寺山亜希氏は、この著に込めた私の心に適うすばらしい装丁をしてくださった。

おかげで、私の九十歳の記念誌ともいうべき本書ができあがった。ここに記して深く感謝の意を表します。

[プロフィール]

吉川　義一（よしかわ　ぎいち）

高知大学名誉教授　農学博士

1927年６月　京都市で生まれ、滋賀県伊香郡木之本町（現 長浜市木之本町）で育つ

1952年３月　京都大学農学部農林化学科（旧制）卒業

1952年４月　高知大学助手（農学部土壌肥料学講座）

1966年４月　助教授を経て、教授

1991年３月　高知大学停年退官

その間、併任で

1978～80年　高知大学学生部長

1984～91年　高知大学農学部長

1986～91年　愛媛大学教授（大学院連合農学研究科）

専門は〈土壌化学〉。土壌中の作物養分の動態・可給性を主に土壌管理・施肥に関する基礎的研究を行った。

1994年４月～97年３月　高知職業能力開発短期大学校（ポリテクカレッジ高知）校長

八十歳からの雑文集
いろいろかいろ I
吉川　義一

発行日：2018年 1月 5日
発行所：㈱南の風社
〒780-8040　高知県高知市神田東赤坂2607-72
Tel 088-834-1488　Fax 088-834-5783
E-mail edit@minaminokaze.co.jp
https://www.minaminokaze.co.jp

編　集：ひなた編集室　くにみつゆかり
デザイン：寺山 亜希